胡纯 著

烟火暖千山

《烟火暖千山》原名《小城公诉》
入选2019年度中国作家协会定点深入生活项目

图书在版编目（CIP）数据

烟火暖千山／胡纯著.—福州：海峡文艺出版社，2022.7
　ISBN 978-7-5550-3041-6

Ⅰ.①烟…　Ⅱ.①胡…　Ⅲ.①长篇小说-中国-当代　Ⅳ.①I247.5

中国版本图书馆 CIP 数据核字（2022）第 115044 号

烟火暖千山

胡纯　著
出 版 人　林滨
责任编辑　林颖
出版发行　海峡文艺出版社
经　　销　福建新华发行（集团）有限责任公司
社　　址　福州市东水路 76 号 14 层
发 行 部　0591—87536797
印　　刷　成都兴怡包装装潢有限公司
厂　　址　成都市金牛区西华街道付家碾村 6 级 152 号
开　　本　880 毫米×1230 毫米　1/32
字　　数　179 千字
印　　张　7.125
版　　次　2022 年 9 月第 1 版
印　　次　2022 年 9 月第 1 次印刷
书　　号　ISBN 978-7-5550-3041-6
定　　价　68.00 元

如发现印装质量问题，请寄承印厂调换

目 录

第一章　新年　　　　　　　　1
第二章　古城　　　　　　　　13
第三章　烟火　　　　　　　　29
第四章　不舍　　　　　　　　43
第五章　相思　　　　　　　　52
第六章　除夕　　　　　　　　65
第七章　早春　　　　　　　　76
第八章　误会　　　　　　　　87
第九章　赌气　　　　　　　　97
第十章　初夏　　　　　　　　106
第十一章　多雨　　　　　　　118
第十二章　花香　　　　　　　128
第十三章　心意　　　　　　　139

第十四章　火锅	149
第十五章　温情	158
第十六章　笃定	167
第十七章　普法	174
第十八章　南江	183
第十九章　值得	194
第二十章　变故	203
第二十一章　好转	213
第二十二章　暖日	221

第一章　新年

徽州的冬天，不算太冷。

傍晚下了雨，淅淅沥沥的，有些绵绵细雨的味道。

半夜，雨才渐渐止住。

阁楼上，方烟茹在半梦半醒之间，仿佛回到小时候，来到了外婆家。

外婆家在大山深处。

她慢慢地在雾霭朦胧的山中转悠，摘了狗尾巴草，再往前跑了一会儿，然后就迷了路。

周边的山看起来都那么像，每一条弯曲小路看起来也都是那么相似。

方烟茹心里一急，便惊醒过来，抓过手机一看，已经是凌晨3点20分了。

崭新的一年在她睡着的时候就悄然来临。

朋友圈里大家在喜气洋洋地迎接公历新年。

"你好啊，新年！"

方烟茹也编了这几个字，准备应景。

在发出去之前,她想了想,改成了:"卷宗、印泥、刑法书,我的去年。新的一年要继续刷法学哟!加油!"

然后,方烟茹配上了九宫格专业书籍的照片。

微信里一堆信息,全是新年祝福。

方烟茹手指不断往下滑动,看到有条信息是昨天夜里11点多的时候发来的。

很简短的一句话。

"你……还回南江吗?"

发信息的人备注是沐医生。

他紧接着发了一张浦东夜景照片过来。

看角度,应该是站在浦西这边的高楼上拍的。

考回老家之前,方烟茹在南江做过两个工作。

大四在律师事务所工作,见了半年狗血剧情后,她实在是不想再围观下去了,找个机会考上了南江一家大医院的后勤部门当合同工。

医院在国内是第一方阵的。

沐医生就是那里的医生。

他叫沐千山,医学博士,是神经外科最年轻的主治医师。

工作中,方烟茹和他有过接触。

之后,沐千山请方烟茹吃饭,两个人就认识了。

认识之后,方烟茹发现沐千山他们科的病房里很多是命悬一线的病人。

很多病人进去后,即便是有一流的医学手段支撑,也不一定走得出去。生死一瞬。没有人容易。

不过现在,他们已经很久没见过面了,也就是隔三岔五地发发

第一章 新年

信息，不能算熟络。

方烟茹飞快地打了一行字："不知道啊。"

在信息发送之前，她删了这句话，回了句别的："别熬夜了，对你身体不好，有空多休息。新年快乐！"

她没有想好，远方和家乡，到底要怎么选。

几秒后，沐医生回了信息："新年快乐！你是一觉醒了，还是又熬夜？"

方烟茹继续回："一觉睡醒。"

对方就回了个"好的"。

方烟茹等了一会儿，没有再收到消息，心里有一点不痛快，然后，她就把手机关机了。

方家一家人住在渔梁这一进徽州宅院里。

临街大门右侧屋子和厨房相通，改造成了早点铺子。

从大门进去，就是天井。大门左边的屋子放着杂物。厨房里有道门通往后面的小菜园。小菜园里有一口老井。井边搭个屋子，里面是改造后的卫生间、洗澡间。再旁边是小棚子，里面是水泥砌的洗衣台。洗衣台边上都是青苔。棚子里拉了两根晾衣服的铁丝。下雨天的时候，衣服就晾在那儿。

正堂两侧的堂屋住人。

正厅后有一道墙，后面就是木阶梯，可以上去。

上头的阁楼有三个房间，都是卧室，其中一个常年锁着门，另外两个住着方烟茹和她弟弟方炆茂。

方烟茹的那间卧室在中间。

早上6点半,天还是暗沉沉的,渔梁古街就渐渐鲜活起来。

方烟茹快步下楼。

老旧的木阶梯被她踩得轻微晃动,发出吱吱呀呀的声响。

方家从方奶奶年轻时起就在这里开了个早点铺子。

铺子不大,卖的也就是茶叶蛋、自家磨的豆浆、石头粿、手擀馄饨这四样。

以前早点铺子是方奶奶一个人经营。

方妈妈嫁过来后,就婆媳两个人一起。

石头粿是徽州的特色小吃。

圆圆的面饼,里面是五花肉丁和炒黄豆粉拌成的馅儿。

方妈妈在大平锅里刷了油,等油烧得吱吱响了,再把一个个圆饼放进去烙,又在每个圆饼上面都压了一块石头。

她的手艺很好,每一个石头粿都大小差不多,又圆又薄,吃起来还很香。

今天放假,不上班。

方烟茹揉了揉眼睛,打了一个哈欠,说:"我自己煮馄饨吃吧。"

客人不多,方妈妈笑着说:"我给你下一碗。"

方烟茹甜甜地笑着,说:"妈,我自个儿来吧。"

方烟茹爱吃馄饨。

她的石头粿做得不够薄,但这一手做馄饨的功夫,学得是炉火纯青。

说话的时候,方烟茹就洗好手,系上了围裙。

馄饨要皮薄、馅嫩、汤鲜才好吃。

方家早点铺子的馄饨是烧柴火的,方烟茹麻利地给灶台添了柴。

两口大锅里的水咕噜噜地沸腾起来,方烟茹下了馄饨,然后利索地做汤。

大海碗底的猪油、猪油渣、虾皮、紫菜、碎榨菜是放好的,方烟茹从旁边锅里舀了热水进去,再加上一大勺辣椒油。

稍等一会儿,她就把锅里的馄饨捞了出来,舀到大海碗里,再撒上葱花和胡椒粉,滴几滴芝麻油。

这一碗馄饨晶莹饱满、热气腾腾,看着、闻着就让人食指大动。

方妈妈笑了笑。

自家大女儿是真不错,从南江那边的政法大学毕业后,顺风顺水地考回了家里这边的检察院。

当然,方妈妈也有心事——方烟茹回来工作都一年多了,什么时候能结婚?

小地方,大家结婚早。

方妈妈眼看过个年,方烟茹就虚岁23岁了,居然在朋友圈还自称本宝宝,没把男朋友领进门,不免有些着急。

这样一想,方妈妈就忍不住说起来:"小茹啊,上次介绍给你的男孩子怎么样?"

方烟茹说:"挺好的啊,多了一个认识的朋友。"

她吃馄饨的速度慢了下来。

小地方,也有小地方的无奈。

她这个年纪在南江还是小姑娘,可以痛痛快快地玩;但在家乡就是正好谈婚论嫁的年纪了。

方烟茹知道妈妈是为她好,也知道妈妈介绍的人是很合适的结婚对象。

只是，她暂时还不想结婚。

青石板路上湿润润的，就跟方烟茹的心情差不多。

她抬起头，天慢慢地亮了起来。

天空很蓝，云朵很白，今天会是一个好天气。

她想出去走走。

出渔梁古街，方烟茹骑电瓶车不过十来分钟，就到了徽州古城。

古城在县城最繁华的地段，鲜活而又敞亮。

城墙上一排排红灯笼已经挂好，远远望去，就像是一串串糖葫芦，喜气洋洋的。

古城旁边是商贸城，店铺鳞次栉比，人潮川流不息。

马路上，旅游大巴、小汽车、电动车、三轮车、电瓶车、自行车来来往往的。

方烟茹停好电瓶车，看看时间还早，就走进了一家蛋糕店。

她买了一个蛋挞，走上二楼，找了个靠窗的位置坐下，慢慢地吃。

这是她在南江读大学时养成的习惯。

每到心里有点不痛快的时候，她就吃一点甜食。

甜丝丝的味道在舌尖蔓延，她仿佛觉得整个世界的苦味都不见了。

铺天盖地的喜悦浓缩在这香醇的瞬间，就像一颗钻石突然出现在梦里，把平平常常的幻境点缀成闪闪发光的故事。

而这故事是说不清的，那是一种细腻的刹那的感觉，就像夜里去看薄云里的半月，就像晨起去看青山间的阳光，是那种突然到来的兴高采烈。

可这样的欢愉总是只有一瞬呀！

这里很平静、很安逸。但日常的生活每一天又像是前一天的重复，周而复始，没有多少惊喜，也没有多少意外。

一眼望到头的日子里，方烟茹有时候会提不起来劲儿。真的很怀疑，她当初放弃南江的工作、告别五彩斑斓的都市生活而回到平静的小县城是一个巨大的错误选择。

可这里确实很安静啊！

最要紧的是，她的家人都在这儿。

家乡有家人，是烟熏火绕的温柔。

徽州，就是她的家乡。

可南江有无限的可能。

要不要再去南江呢？趁着年轻，趁着还有闯劲，趁着自己还没有被磨平了棱角。

离开，还是留下？

方烟茹犹豫了。

三天的假期一晃而过。

中午，方烟茹不回家，留在单位里加班。

下午要提审，明天还有个大庭，她想再熟悉一下案情。

之前，她以为检察工作就跟电视剧演的一样，跌宕起伏，精彩绝伦。

但工作了一年多以后，她渐渐发现日常工作其实很琐碎，跟着开庭、跟着提审、装订卷宗、去看守所换押、打印文书。

她遇到的案子绝大多数都很小，案情经过一目了然。比如今天下午的这个，嫌疑人涉嫌引诱、容留、介绍卖淫罪。

从卷宗上看，案子并不复杂。

工作最初新鲜劲过了后，方烟茹经常会想起在南江律所实习的日子。

她跟的律师沈言是她的学姐，主要打离婚官司的。

方烟茹因此遇到了各种狗血剧情，就跟天天追八点档的家庭伦理剧差不多。

到时间了，方烟茹跟着年轻的员额检察官刘嘉去提审。

方烟茹不多话，低着头，坐在一边做讯问笔录。

没想到，隔着铁栅栏，一个五大三粗的大男人说着说着，就在她面前哭成泪人。

他哭得没有声响，眼泪大颗地掉下来，看起来像是明明悲伤到极点，却又在努力克制着。

方烟茹第一次遇到有人在这种场合掉眼泪。

她看着心酸，摸了摸键盘。

笔记本上文档开着，她笔录做了大半，但现在可能做不下去了。

她看向坐在旁边的刘嘉。

刘嘉是这案子的承办人，他正面无表情地翻看着卷宗。

男人哭了一会儿，抽咽着说："我真是没有办法。老婆跑了，我妈身体不好，小孩子又小。实在是没办法。那些女的自己要出来。我就是想挣一点钱。我知道错了！我真的知道错了！我妈妈一天到晚头痛，查不出来原因。我爸爸还在山里种地，赚不到几个钱。小孩子才1岁多。我这进去了，他们该怎么办啊？"

第一章 新年

他说到最后，似乎再也克制不住情绪，号啕大哭。

方烟茹打下了这一段文字。

过了一会儿，刘嘉才缓缓开口："这是第几次进来了？以前笔录上有，上次你好像也是这么说的。"

男人噎住了，抬头仔仔细细看了刘嘉几眼，一副如鲠在喉的模样，说："是你！"

刘嘉点点头，提高了音量，又问了一遍："你是第几次进来了？因为什么事进来的？"

男人像变脸一样收了眼泪，看起来很老实地半低着头，低声说："第三次。都是这个事。我错了。这回我真知道错了！我真的就是想挣几个钱。我爸我妈确实身体不好。小孩子也是小，才上二年级。我本来出去后，就打打工什么的，也还行。是她们！她们几个非要找到我，说什么继续！我是给她们坑了！"

方烟茹仔细阅卷过，知道其他人不是这样说的。

男人越说越激动："我真是被她们拖下水的！我真的知道错了！真的，我错了。我就想好好改造。出来后，好好过日子。"

他再次流泪，仿佛很后悔的模样。

笔录做得磕磕绊绊的。

男人哭功精湛，时而痛哭流涕，时而摇头叹气，每一个表情看上去都是那么真实，那演技绝对不亚于"影帝"！

方烟茹把他说的每句话照实打下来。

男人看了笔录后，没有异议，签字按了手印。

他问方烟茹，说："我这次一年差不多了吧！"

方烟茹没有回答。

出了看守所，夕阳正好，照得半边的天空炫彩如琉璃一般。

远山青黛，融入苍天。

这是皖南冬天的黄昏，晚风拂过，寒意袭来。

方烟茹深吸一口气，心里说不出来是什么滋味。

每次从看守所出来，重见天日，她都会觉得外面挺好，自由挺好的。

见多了人性里深渊的那一面，方烟茹更喜欢阳光，哪怕是现在这将落未落的夕阳。

在车上，刘嘉说："你刚才同情过他吧？"

方烟茹有些不好意思地说："是啊！一开始看他说得那么真切。"

刘嘉笑笑，说："鳄鱼的眼泪。"

在医院工作的时候，也不是没见过虚假的眼泪，但方烟茹每次见人哭，总会有一瞬间的心软。

她问："怎么分辨呢？"

刘嘉笑了笑，说："我们这行做久了就会了，不要完全相信你的眼睛、你的感觉。我们是要看证据的。"

方烟茹"嗯"了一声。

她把目光望向车窗外。

天空暗了些许。

远山如蒙了一层淡红色的纱，依旧是一副朦胧平静的模样。

而近处的行道树不住地往后退，树影憧憧，乍然看去，就像是匍匐在绚烂画面底部的一圈黑影。

春节将近，年味一天比一天浓。

空气里都弥散着喜庆，洋溢着欢乐。

第一章 新年

在徽州，到春节是最隆重、最热闹的节日，从腊月初八开始，一直要过到正月十八。

节前这一阵子，家家户户都忙着准备过年，打扫卫生、采购年货、准备春联、置办新衣、准备团圆饭……

每到这段日子，就是方奶奶大显身手的时候了。

方奶奶厨艺好，年轻时是村子里红白喜事宴会上的掌勺，会做的菜式很多。

这些年，方妈妈主要在忙早点铺子的事儿。方奶奶便把更多的时间花在料理一家人的生活起居上。

快到年关的时候，方奶奶便有条不紊地为迎接新年忙碌着。

她一趟趟地访遍城中的老铺子，买来顶市酥、花生、瓜子、糖果，预备装盘；又买来蜜枣、桂圆、小橘子等水果；记挂着方烟茹喜欢吃甜食，她特意多买了一包元宝、金币模样的巧克力。

方奶奶一样样买来新鲜的食材，一样样地认真地做美食，包粽子、做米粿、做肉包子、做冻米糖、做豆腐……

灶台的大铁锅里正熬着糖稀。

这是为做冻米糖准备的。

方奶奶见方烟茹进来，便顺手拿起一根筷子，从锅里卷了一块糖稀捏起来，捏了只小老虎。

她笑着说："小茹，快来吃！"

方烟茹笑眯眯地吃了一口，说："奶奶，再给我做个吧！"

刚做好的糖老虎，有些软，黏牙，不过，可真甜呀！

方奶奶的手很巧，再拿根筷子，挖了糖稀，迅速捏起来，很快又做出一只栩栩如生的凤凰来。

方烟茹很快吃完了糖老虎，又去吃糖凤凰，高高兴兴地说：

11

"奶奶,你做得真好看。"

　　手机响了一下,来了条微信。

　　方烟茹掏出手机一看是一句话。

"烟火暖千山。"

　　这话是沐医生发来的,说得没头没脑。

　　方烟茹扫一眼,回了一个笑脸表情包,就把这条微信刷过去了。

第二章 古城

每到小年，方烟茹对日期的概念自动就切换成了农历。

腊月二十四一大早，方烟茹睡得正香时，电话铃声骤然响起。

她困得眼睛都睁不开，挂掉了电话，翻个身继续睡。

可下一秒，手机铃声又再次响起来。

方烟茹迷迷糊糊地把手机摸起来一看，来电显示上跳动着"沐医生"。

方烟茹一下子惊醒了。

沐医生怎么突然给她打电话？

他们并不是天天联系，对话也挺简单的，寥寥数语而已。

方烟茹接了电话，说："沐医生，你有什么事吗？"

沐千山说："没打扰你吧？"

方烟茹笑着说："怎么会呢？"

沐千山人不错。

以前在忙碌的工作之余，沐千山还挺关心当时刚入职的她。

在方烟茹提出辞职的时候,沐千山明明工作那么忙,还抽时间极力挽留她。

后来,沐千山时不时关心她,劝她回南江。

沐千山说:"我休了年休假,这几天去你那边转转。"

徽州是旅游胜地,平时游客也很多。

方烟茹没有多想,立即说:"好啊,你是坐高铁过来吗?我去接你吧。"

沐千山说:"不用了。我自己开车过去,现在快到了。就是——那一块你熟悉吧?麻烦你到时候带我转一转。"

方烟茹满口答应,问:"好呀。大概什么时候到?"

其实沐千山已经到了,就在停车场。

他看着导航,说:"走过去10分钟。我定位到你家的小店了,走过去好了。"

10分钟!

她还没起床!

方烟茹赶紧说:"稍等一下。我马上下来!"

她简直要哀号一声了!

10分钟啊!

只够她刷牙、洗脸、穿衣服了!

在南江上班时,方烟茹会打扮自己,化着淡妆,一年四季穿着漂亮的裙子。

回到老家,她的画风就变了,怎么舒服自在怎么来。

可沐千山是见惯了她妆容精致的模样的,她这个素面朝天的样子去见他,不好吧!

第二章 古城

算了,时间来不及了,她也不管那么多了。

方烟茹光速洗漱,匆匆忙忙翻出一身衣服套上,拿着手机就跑下楼了。

昨天下午 5 点下班后,沐千山回家睡了一觉才开车来的。

一路上很顺畅,中途休息了一下,6 个多小时就到了。

他摘下眼镜,揉了揉太阳穴,整理了一下外套,然后下了车。

不紧不慢地走着,沐千山很快就走到了方家的早点铺子。

方妈妈看着沐千山过来,笑着招呼,说:"要吃点什么?"

沐千山看着早点铺子门口贴着的价格表。

两张红底的纸,一张上面用毛笔写着:石头粿 4 元、茶叶蛋 1 元、豆浆 1.5 元。

另一张写着大中小碗馄饨的价格,分别是 6 元、7 元、8 元。

字迹很清秀。

沐千山认得出来,这是方烟茹的字。

价格表旁边贴着一个很大的二维码,支持多个渠道的扫码支付。

方妈妈笑吟吟地说:"要不来个粿,再来茶叶蛋,配着我们家馄饨吃,味道可好了。来我们这里玩的游客,都这么吃。"

沐千山说:"好。"

方妈妈问:"粿要不要切?"

沐千山没吃过粿,觉得十分新鲜有趣,说:"怎么讲?"

方妈妈说:"切开好吃一点。"

她听出了沐千山的口音,热情地说,"客人是从南江过来的吧?

来我们这里玩吗?要住几天?订过住处没有?我们这附近有几家不错的民宿,往前面走一点就是了。"

这时,方烟茹已经从楼上跑下来,说:"沐医生,你来了。"

沐千山抬眼一看,方烟茹跟在南江的时候不一样了。

年轻就是好。

20岁出头的年纪,方烟茹即便没有化妆,依然十分养眼。

她小小一张瓜子脸红润有光泽,一双眼睛跟宝石一样,有着熠熠光彩,好像天上的星星都倒映在了她的眼眸里。

方烟茹扎着一个简单的马尾,露出光洁的额头,穿着褐色的大衣,显得青春有活力。

晨曦之光,初绽之花,都不如此刻的她。

沐千山不由得微微笑着,心里就跟吃了蜂蜜一样甜。

方妈妈"哎哟"了一声,说:"小茹,这就是你以前提过的沐医生?"

方烟茹说:"对呀!他今天过来旅游的。"

方妈妈笑着说:"哎哟!我再给你切个馃!小茹,快请沐医生进家坐。"

方烟茹忙说:"沐医生,进来坐,我来泡茶。"

沐千山跟着方烟茹进了屋。

他瞧见正堂之上,有一块"归明堂"的匾额。匾额之下挂着一幅徽州山水画。两侧是草书的对联。

画下是一张长方形的案几。

案几中央摆着一样老式的时钟。

时钟左边是青花瓷瓶,瓶子里面插着几只塑料花;右侧是一面镜子。

案几前面摆着一张八仙桌。

这屋子虽然老旧，东西却整理得井井有条，里面打扫得干干净净。

方烟茹冲了茶。

第一杯茶是倒了洗茶碗的。

她把第二碗茶端到沐千山跟前，甜甜地笑着说："这是我外婆家那边寄过来的茶叶。我们这边是茶叶的主产区，茶叶都不错。"

沐千山喝了一口，只觉得茶清香扑鼻，再吃一口馃，发现味道也很好。

他夸了一句，说："不错。"

方烟茹抿嘴一笑，说："喜欢的话，我送沐医生2盒吧？"

茶叶是现成的。

这几年，外婆那边的村子里发展集体经济，茶叶做成了品牌，不仅茶味好，包装也漂亮。

沐千山笑着说："好！"

他停顿了一下，又说："不用喊我沐医生了，叫名字就好，别那么客气。"

在方烟茹心中，年长自己六七岁的沐千山是前辈，事业蒸蒸日上，人也温和可亲。

方烟茹更加客气，笑着说："这哪里成呀！我很佩服你的！我听说你是学霸！高考理综几乎满分！真棒啊！"

对上方烟茹崇拜的眼神，沐千山笑了笑。

他心里有点小得意，尽力谦虚地说："没什么啦！都是很久以

17

前的事了。"

方烟茹笑着说:"可你真的是很棒呀!我太佩服你了!"

沐千山扶了扶眼镜,说:"你也很好啊!我们等下去哪?"

方烟茹笑着说:"沐医生呀,最近天寒江边冷。要不等下我陪你去古城那边转转?中午再去吃地道的徽菜。我们这儿的菜可好吃了。这个天啊,特别合适先喝上一碗土鸡汤,再吃上一锅臭鳜鱼锅仔,再来个热锅子,炖上豆腐、火腿、肉圆子、笋干,烫着大白菜、菠菜吃。"

她说了一串后,突然想起沐千山是南江来的。

南江那边的口味偏甜、偏清淡。

她不好意思地眨了眨眼睛,说:"也不知道你吃不吃得惯徽菜。"

沐千山笑着说:"行的。"

其实,吃什么并不要紧。

重要的是,方烟茹能陪着他一起吃。

只要身边的人是她,沐千山觉得即便是喝温开水,心里头也是敞亮的,整个人是放松的。

本来,他来这里,也就是为了见方烟茹呀!

方烟茹说:"那就好啊!"

她又甜甜地笑起来,说:"用臭鳜鱼锅仔的汤泡饭可好吃了。每次我都吃两碗呢!"

沐千山听到最后,笑得更温和了,说:"一定得尝尝。"

两个人去得早,徽州古城里游人不是很多。

沐千山说:"票买好了。"

第二章 古城

现在网上购票很方便,他在南江还没出发就订好了两张景区联票。

方烟茹很不好意思,说:"这哪成!你是客人!应该是我招待你的。"

沐千山温柔地笑着,说:"想喝红豆奶茶吗?"

他记得很清楚,方烟茹很爱喝奶茶,经常点这个口味的。

他在网上都看过地图了,知道这附近有很多家奶茶店。

方烟茹一愣,她没想到沐千山这么一个大忙人,居然还记得她的喜好。

方烟茹不由地抬眼去看沐千山。

沐千山 29 岁,这样的年纪在南江是风华正茂、拼搏事业的年纪。

今天的他没有穿白制服,而是穿了一件深蓝色暗纹修身呢子大衣,显得个子更加高挑;戴着眼镜,显得斯斯文文的。

他的目光温柔,嘴角带笑,比平时活泼了几分。

其实,这样近距离看,沐千山长得很好看,有偶像剧里男主角的感觉。

方烟茹不由地心跳快了几分,仿佛吹面的风里都有甜甜的香气。

这样站在沐千山的身边,静静地看着,她就想笑起来。

而且,她笑得应该会有点傻吧!

很快,方烟茹就收敛神色。

沐千山就是来旅游的,自己怎么可以生出别的心思!

方烟茹笑着说:"不用了,我们先去参观府衙吧。徽州古城很

19

有名的!每天还有三戒碑的演出。三戒指的是重利忘义者戒,寄信误人者戒,酷刑枉杀者戒。这说的是古徽州的一个司法故事。"

她引着沐千山往里走,边走边介绍,说:"当时有个案子,知府没办好,听信一面之词,害得无辜女子丢了性命。虽然最后坏人得到了应有的惩罚,但是好人死而不能复生。所以,对我们来说,要引以为戒,明镜高悬,公正司法。"

沐千山是知道方烟茹是学法的,说:"你现在就是办案的吧?"

方烟茹点点头,说:"是呀,毕业那年我立过誓的:'我将永远忠于宪法和法律,恪尽职守,勤政廉洁,为维护社会的公平和正义,捍卫法律的权威和奋斗,用我的一生见证和弘扬法律的精神。'"

说出这一段话的时候,方烟茹眼睛里有光。

作为法律人,她坚定信仰,相信法律。

也许,在这样的一个小县城里,她这辈子也做不了什么大事,办不了什么惊心动魄的大案、要案。但是她愿意坚持公平与正义,把自己遇到的所有小案子办好。

其实,哪有什么小案子?

系统里一个个数据的背后,都是一段段支离破碎的人生,一个个不为人知的故事。

案子再鸡零狗碎,落到个人的头上,就是天大的事儿。

更何况这个人的背后,还有他的亲朋好友,还有悲欢离合。

把每一个小案子办好,对得起自己的心中的那杆秤。

法治的点点星光,终将闪耀天河。

沐千山挺能理解方烟茹这种感受的。

他选择从医也是如此。

抢救成功或者失败的病例，背后都是人。

人，一撇一捺，字看着很简单，实际上有太多的事，太多的滋味在里头。

方烟茹抿嘴一笑，说："其实，我犹豫也在这里。我家里人都在这边，如果回南江，每天都忙，照顾不到他们。而且，那边我可能进律所，可能当公司法务，但是想要当个公诉人，基本上不大现实。跟医院那边一样，我们这儿也有竞赛。今年有优秀公诉人大赛。过几年，我应该就可以去参加了。"

她停顿了一下："当然，从各方面来说，肯定南江好啊。这边的日子确实太平静，我都觉得每天的日子都差不多，没有什么好说的。不像在南江，那时候，我每天都能遇到曲折离奇的事，经常会面临未知挑战，那个确实锻炼人。我挺纠结的。"

还有一点，方烟茹没好意思在沐千山面前提。

在南江，她这个岁数是真小，可以暂时不需要考虑结婚。但是在本地，她的对象问题是被全家关注的大事。

沐千山是希望方烟茹回南江的，之前给方烟茹发过信息，劝过几次。

他说："你之前在医院做得很不错。你学法的，工作也好找。"

方烟茹笑着说："这个再说吧。现在这个点，演出还没有开始，我们先去后面转转吧。"

没想好答案，方烟茹避开了这个话题。

徽州府衙是在原址上重建的，按照明代的风格来修，整个府衙恢宏气势中体现了徽派建筑的风格。

方烟茹陪着朋友来过几次，熟门熟路，引着沐千山在厅堂长廊之间来回穿梭，时不时地介绍几句。

徽文化底蕴深厚，即便方烟茹没有专门研究过，但作为本地人，她说上几句，还是没问题的。

"我们这里很注重读书。十户之村，不废诵读。从小都教育要好好读书的。多读书，明辨事理，知晓对错，心中有把尺子。知道什么事情该做，什么事情不能做，什么事情必须做。沐医生，你看——这里一排都是我们考上进士的名单。"方烟茹指着一墙的名字说。

沐千山连连点头，说："徽文化博大精深，我早有耳闻。现在看了这府衙，觉得此言不虚。"

方烟茹笑着说："我不是专业的导游，讲得不好。最近古城张灯结彩的，准备好好做这次春节旅游呢！我们这边冬天的风景也别是一番滋味，而且还会搞各种各样民俗表演。"

她仔细地介绍着，说："沐医生要在这里几天？我们这边玩一两天，只能是走马观花，把主要的景点转一转。但想玩得更好些，得多待些日子。有的游客过来度假，七八天甚至 10 天都在这里。他们有的就用共享汽车，或者租个车，还有人骑自行车，一个村子一个村子自己去转悠。我们这里很多村子保存得还是很好的，值得细细去看。我们的建筑这里注重细节，你看这些木雕、砖雕都是有花纹的，而这些花纹背后也是有意义的。"

沐千山说："我在这里住 3 天。"

虽然沐千山有假期，但他除了一年回老家一趟看看父母，一般不休长假。

第二章 古城

科室里的病人总是满的,经常会有突发状况,他反正一个人,就留在南江,接了电话可以随时回医院及时去处理。

方烟茹说:"好啊!定好住的地方没有?没有的话,我帮你问问,我记得我们渔梁街上就有好几家。这边古城一条街上,也有好几家,都很有特色。我逛街的时候有看到,都做得很精致。"

沐千山看了看不远处,突然说:"这里可以走城墙吗?"

方烟茹说:"可以啊。我们这里城墙很大,走一个圈儿要不少时间。有的游客就走小半个圈儿,都是有路线的。"

她走在前面,引着沐千山穿过后花园,走上亭子,再走一小段台阶,穿过一个小门洞,就走上了城墙。

听着方烟茹絮絮叨叨地介绍着古城的风土人情,沐千山心里一半儿平静一半儿翻腾。

他心静是因为古城这一方天地确实让人看了忘忧。

但他又心绪不定是因为眼前的方烟茹。

沐千山看得出来,方烟茹真以为他是单纯来旅游的!

他能感觉到方烟茹对他的好感,但也只能感觉到方烟茹对他仅仅是好感而已,再往上确实是没有了。

沐千山有些无奈。

他一直是宁缺毋滥。

洁身自好那么多年,沐千山就是想要一份真诚的爱情,牵着心爱的姑娘走进婚姻的殿堂,相濡以沫,白头到老。

可现在的问题是,方烟茹完全没领会到他的意图啊!

这让他该怎么继续!

他读书没遇到过什么解不开的题,工作也是再困难都做得下来，可方烟茹的心思却很难把握。

毕竟，感情这种事要两个人互相喜欢才行。

就他一个人喜欢，也没用啊！

网上搜来的那些经验和套路，好像没有参考价值。

沐千山心里也没底。

他学理科的，又一直在医学院，本硕博连读，毕业后马不停蹄考执医证，当了主治医师，一头扎进书堆里多少年，一心一意为工作，等抬起头，他发现自己居然已经单身快30年了。

回想起来，一路走来，也不是没有女孩子向他示好，可当时的他没那个心思，所以完全没有领会到重点，错过了不少风景。

等他好不容易遇到个喜欢的方烟茹，可人家工作了一阵子，就轻飘飘地回老家工作了！

他去劝方烟茹回南江，可方烟茹也没个准话。

微信联系效果不好。于是，沐千山索性就休假开着车自己跑一趟了。

沐千山现在有点理解当时那些向他示好的女孩子的心情了！

他都做得那么明显了，已经流露出十分愿意的心思，可方烟茹还微笑着说风景！

其实，对他而言，方烟茹就是最好的风景！

方烟茹是真没有多想。

或者说，她刻意让自己不去多想。

方烟茹说："城墙这里也有不少人打卡拍照。就在前面不远的地方。"

沐千山瞧这古城内外两边，里头是老城，外头是新城，都是粉

第二章 古城

墙黛瓦马头墙，很有徽风皖韵。

这里的房屋都不算太高，街上行人的步伐悠然自在。

太阳渐渐起来了。

阳光很温暖。

沐千山已经很久没有这么近距离地看过方烟茹了。

不知为何，他看到了方烟茹，心里就掀起波浪。

而这浪花是层层叠叠的，一波接着一波，密密绵绵，一直连到天尽头。

明明是冬天，但他心里仿佛燃烧着热烈的火焰，整个人都热情洋溢的。

他的眉梢眼角都透着喜悦。

如果可以，沐千山此刻很想牵起方烟茹的手，去走这一段城墙。

但他没胆子伸手。

这些年的职业生涯让沐千山养成了一点慌张都不在脸上显露，看起来镇定自若的。

方烟茹见沐千山神色坦荡，心里莫名有些失落，但很快就释然了。

这儿是远近闻名的旅游景区，人家来，肯定不是专门找自己的，没有啥多余的意思。

至于记得住自个爱喝奶茶口味，那是因为沐千山记性好，他管着东边的病区，可是记得住自己病床上所有病人的病情的呢！

再说了，沐千山这个岁数应该也有女朋友了吧……

医生再忙，也是有个人生活的。总不至于沐千山前头多少年都一个人吧!

她想明白就不去纠结了。

方烟茹继续开开心心地说:"就是前面!现在这个季节拍起来没有那么好看。春夏的天气好的时候,蓝天白云,青青藤蔓爬上城墙,照片效果很好。我们等下去街上拍红灯笼吧!要过年了,我们这大红灯笼都挂起来了!"

这会儿街上人多了起来。

从城墙上往下看,可以看到沿街的铺子都开着,人群熙熙攘攘的,很是热闹。

人间烟火里的美好。

在医院待久了,沐千山很喜欢就这样站在一旁,静静地去看街道上来来往往的人群。

他们都是平平安安的。

没有惊心动魄的意外。

没有声嘶力竭的哭声。

更没有瞬息之间天人永隔。

经历过生死,沐千山反倒觉得阳光之下最寻常的平安,其实是最难得的。

人这一生,能够平顺,就已经很好了。

方烟茹说:"城墙根下面的铺子里,有人写春联,有个老人家字写得特别好。我读小学的时候。他就在那摆摊,现在他还在那摆。他山水画也画得好,我隔壁家中堂上的挂画就是请他画的。"

小城里有很多老铺子,隐藏在街巷的边边角角里。

也许转过一个拐角,就能看见一家老字号的铺子。

第二章 古城

时光在这里仿佛是织锦,每一丝一线一图都是一个故事。

而这故事是璀璨的星子,洒落在古城的各个角落。

方烟茹接着说:"我们这里文化氛围浓,很多人从小练习书画。我等下陪你走街串巷,很多家春联都是家里孩子写的。我们这边,很多人也不是为了什么成名成家才去练字作画。字画就是徽州人生活的一部分,家家户户都用得到的。书画本来就是兴趣,陶冶情操、修身养性,拿来更好生活的。"

沐千山看着方烟茹,看了好一会儿,突然说:"小茹,做我的……"

话在舌尖打了个转儿,他心里很紧张,说出来的话却变成了:"定制导游真合格。"

沐千山干巴巴地笑了两声,说:"这趟请你来,真是对了。"

方烟茹对语言很敏感,听出来沐千山喊自己的称呼有亲近之意,可话头是突然转弯,恢复了平时的淡定模样。

她有些好奇沐千山真正想说的话是什么,但见他自己不想多说,便翻过不提。

方烟茹笑着说:"你太客气!都说过啦!我们这的本地人多少都了解一点。"

她指着城墙外,说:"那家是我常去的蛋糕店,他家的蛋挞做得很好吃。我记得我们医院附近有家叫雕刻时光的甜品店,里面的蛋挞更好吃一些。"

虽然从医院离职了,但方烟茹提起来,还是觉得很亲切。

沐千山当然记得,很自然接过话头,说:"那下次去南江,我请你。"又多说两句,叮嘱道:"甜食虽然好吃,但不要天天吃。"

方烟茹笑起来，说："我可不敢天天吃，怕胖！网上看有的人晒自己做的甜点，真好看，还能创新品。前阵子想在自己家里做，买了烤箱、各种面粉、黄油什么的。结果我做的面包硬得像骨头，家里没人吃。"

沐千山说："多练练就好。"

方烟茹笑着说："我奶奶就干脆盯着我蒸包子、做包子，不过，我也没学好。"

沐千山不由得笑了。

方烟茹说："等下你是想游古城，还是想去山水画廊那边看一看？"

沐千山笑着看着方烟茹。

今天的阳光是真的好，都暖到他心里去了。

沐千山跟着笑，眼睛里全是光芒。

他说："这里走走就挺好的。"

沐千山微微抬眼。

冬日的晴空，薄云淡淡。

天空湛蓝澄澈，淡然而悠远。

此时此刻，应该就是最好的时光。

第三章　烟火

出了府衙，沐千山和方烟茹穿过阳和门，走过八角牌坊，就到了中和街。

街上熙熙攘攘的人群，年味浓极了。

沐千山买了热热的红豆奶茶，递给方烟茹，说："倒是让我想起那句'红豆生南国'了。"

此物最相思。

沐千山再一次小心翼翼露了自己的心意。

方烟茹没听出话里头的意思，捧着奶茶，吸了一大口，脸上是满足的笑容，开心地说："红豆奶茶就是很好喝。"

沐千山又叮嘱，说："尝尝味道可以，可不能天天喝。冬天干燥，得多喝温开水。"

方烟茹说："知道的。"

沐千山继续认真地说："别熬夜。"

他顿了顿，说："我工作是没办法。你要按时睡觉。"

方烟茹说："好的啊。我现在也不熬夜了。"

两人有一搭没一搭地聊天。

说的都是无关紧要的话，偏偏两个人说得有滋有味。

他们拐进了打籁井街。

两边的店铺开着，大多是民宿。

这几年，古城的民宿突出了徽文化特色，越做越好。

方烟茹领着沐千山在巷子左拐右绕，说："我带你去买烧饼，还不知道这家开不开了。"

沐千山说："走过去看看吧。"

就这样和方烟茹随便走走，他的感觉就很好。

沐千山已经很久都没有像这样轻轻松松走过路了。

在医院的日日夜夜，他的弦都是紧紧绷着的，生怕自己一个疏忽，就遇到什么意外。

他不喜欢意外。

因为每一个意外带来的，很可能就是巨大的风险，然后情势急转直下，滑向如深渊般的结局。

虽然这是不可能避免的。

但沐千山更喜欢看到花好月圆。

阳光正好。

小巷子两边，有不少徽州老宅子，都有人住着。

门口摆着两条旧长凳，几个老人拎着火熜，坐在一起闲聊。

一只黄色的大猫团成一团儿舒舒服服地睡觉。

屋檐下的红灯笼已经挂起来了，新对联也都贴上了，透着喜庆的味道。

真的快过年了。

方烟茹絮絮叨叨地介绍说："那是火熜，我们这冬天用来取暖

第三章 烟火

的。我家也有几个。过年的时候,我们家店不开门,下午的时候,我奶奶就揣着火熜到处转。上午不行,她是长辈,要在家里等着亲戚们上门拜年。"

她忍不住笑起来,高兴地说:"我奶奶的茶叶蛋和包子做得很好吃。我们家亲戚们都夸。我家亲戚多,一个上午要来好多家。有时候,一屋子里都是人。"

见方烟茹说得热闹,沐千山也跟着笑。

"我奶奶、我妈妈烧菜手艺好,会留亲戚吃饭。我记得有一年,家里有三桌亲戚呢!大家在一起特别开心。"

方烟茹侧过脸去看沐千山。

她眨了眨眼睛,随口问:"你家呢?也热闹吧?"

沐千山的笑容像是被按了暂停键。

他微微抬眼,温和地说:"你家亲戚真不少。"

方烟茹没有察觉到他的异样,依然热情洋溢地介绍,说:"对呀!我爷爷是那一辈的老大,有兄弟姐妹9个呢。我奶奶那边也有好几个亲戚。我还有两个姑姑。我妈妈那边还有两个舅舅、一个阿姨。反正亲戚人多。"

她的笑容里有点不好意思,说:"亲戚太多,我都认不全。"

沐千山笑着说:"没关系的,我记性好。"

他的话音刚落,方烟茹的舌头就差点打结。

她心跳得快了几拍。

沐千山这话是什么意思呢?

她的亲戚,沐千山为什么要去记?

难道……

不可能的。

沐千山就是来玩的。

肯定是她多想了。

方烟茹定了定神,又继续笑着说:"我们小一辈就是拜年忙。过年几天都在忙这个。我爸、我妈、我和我弟弟分头跑。我爸、妈去给我爷爷那一辈的亲戚拜年,我和我弟弟去给我爸妈那辈的亲戚拜年。不过,今年我要忙一点。我弟弟肯定没时间。"

这还是沐千山第一次听方烟茹说起她的弟弟。

他问:"你弟弟在外地工作?"

方烟茹说:"不是啊。我弟弟在县中读高三,学文科的。他早出晚归的,平时我也看不到他。所以今年肯定得我一个人去拜年了。初一不拜年,初二回娘家。初三开始,我们才好出去拜年。可一般都得早上,我算了算,时间很紧,一家估计坐几分钟,就得赶紧去下一家。"

沐千山听着,心里不免有些羡慕,也有些黯然。

这样的热闹,他已经很久都没有体会到了。

这一头,方烟茹说得十分高兴:"我小时候蛮喜欢拜年的。每到一家,都会给我塞一大把糖果。我很爱吃甜的。"

沐千山笑着说:"挺好的。"

方烟茹絮絮叨叨地说:"我爱吃糖人,我奶奶自己就会做,她能做很多样儿的。"

沐千山问:"今天好像没看到奶奶。"

方烟茹说:"她出去买东西了。我们家的年货都是她买的。奶奶买了很多顶市酥呢!过年的时候,家家户户桌上都有。我也喜欢吃,可甜了。"

顶市酥是徽州的传统糕点,用一张红色的纸包成长方形,里头有米粉、白芝麻、白糖等,吃起来又香又甜又软。

除了顶市酥,老徽州还有很多好吃的糕点。

方烟茹还喜欢吃冻米糖、芝麻糕、芙蓉糕。

她说:"我奶奶今天要做冻米糖。她做得可好吃了。等下你也尝尝。"

沐千山笑了,说:"好。"

方烟茹笑得眉眼弯弯。

她的眼睛亮晶晶的,高高兴兴地说:"我妈妈做的酒酿圆子也好吃。妈妈会收集秋天的桂花,晒干了,藏在密封的瓷罐里。冬天做酒酿圆子的时候,会撒点桂花在汤里,那真是又香又甜呀!我一口气能喝两碗。"

快过年了,她总是兴高采烈的。

对于过年,方烟茹有很多美好的记忆。

温馨、团圆、幸福、安康。

一家人和和气气在一起,灯火温柔,岁月绵远。

沐千山看着方烟茹,嘴角不由地上扬。

他的心非常安宁。

这样就很好。

要是能一直这样就真的很好很好了。

春节调休,只有一天休息。

方烟茹陪着沐千山逛到夜里,第二天就起个大早去上班了。

在检察院,她是"萌新"。她接触的案子都是小案子。

跟往常一样,方烟茹开了电脑,写起了起诉书。

系统大部分文书能自动生成,具体案件情节需要补充。

方烟茹的柜子里摆着满满一大沓专业书籍。

她一边翻书，一边说："智能量刑辅助系统要能早点上线就好了。听他们试点院的人说，系统收录了常见案件罪名，几秒钟就能自动生成全面又专业的定罪量刑分析报告。"

刘嘉说："系统是参考，我们还是要自己钻研专业。"

这是肯定的。

以前，方烟茹工作过的医院也开发了智能诊疗系统，作为治疗的辅助系统提供参考。

不过，在临床诊断中，医生还是要结合病人具体的病情去判断。

因为现实永远是千变万化的。

好在有辅助系统作为参考，办案效率会提升许多。

刘嘉又说："写好起诉书，你有空看看新到的案子。今天下午要去提审。"

快春节了，公安那边送过来一大堆案子到案管。

然后每个承办检察官手上都分到了一些。

方烟茹问："什么案子？"

刘嘉说："批捕案子。"

现在捕诉一体化，承办检察官对案件捕、诉程序实现全程办理。

所以，刘嘉的手上有批捕案件，也有公诉案件。

批捕案子的时限很短。

方烟茹忙好起诉书交给刘嘉后，马上就翻看起新的卷宗。

卷宗有两卷，案情看起来也不复杂。

方烟茹看得很仔细，生怕漏掉一个细节。

时间在不知不觉中过去。

12点的时候，她的电话铃声响起。

第三章 烟火

方烟茹接了,说:"沐医生?"

沐千山说:"我在你们楼下等你了。"

方烟茹从窗户往外看,沐千山把车停在了前院里,人在车的旁边不停地踱步。

她赶紧收拾了一下,拎着包就跑了。

楼下,沐千山看到方烟茹出现,连忙挺直了腰板,往前跑了两步,突然想起来什么,又转身拉开了车门,从里面拿出一束花,然后一路小跑迎上去。

他跑到方烟茹的跟前站住了。

沐千山局促了几秒钟,然后把花递了过去。

他笑容里有一点紧张,说:"我路过一个花店,见里面的花很漂亮,想起来你说你蛮喜欢漂亮的花花草草的,就让店主配了一束花。是顺路买的啊!"

方烟茹瞧着这束花里面有满天星、薰衣草、百合花,还有一枝鲜艳欲滴的红玫瑰。

她觉得自己脸发烫了,慢慢地接过花束,轻轻地说:"沐医生,你怎么过来了?你不是说你出去玩吗?"

冬天的暖阳,给她红润的脸颊镀上了一层金色的柔光。

她的眼睛里是惊人的亮。

沐千山温和地说:"我正好在附近。"

方烟茹突然扭扭捏捏起来。

她总觉得会有同事在楼上看他们。

方烟茹的脸更红了,说:"要不,我们去其他地方吧!"

沐千山说:"好啊,先上车吧。"

他风度翩翩地拉开了副驾驶的车门。

方烟茹犹豫了几秒，还是坐到了副驾驶上。

她扣好了安全带，说："去哪里？"

方烟茹的脸很红，还想说一点什么，可看着手里的花束，她的脑子有点空，然后就不知道说什么好了。

她悄悄去看沐千山，见他倒是挺镇定的。

沐千山发动了车子，说："我们先去吃饭吧。你下午是2点半上班吧。我们就在附近逛逛。你想吃什么？"

他这么突然一问，方烟茹还真不知道要吃什么。

沐千山提议说："要不去吃你跟我说过的臭鳜鱼锅仔？附近饭店有没有？我们不跑远，方便你下午上班。"

方烟茹说："那前面有一家小店的臭鳜鱼锅仔味道很好。我和同事周末加班时去吃过。他家的笋干炒肉丝，味道也还可以。"

这一带都是新开发的，人不多。小饭店距离这里不远，几分钟就到了。

中午在小饭店吃饭的就他们两个人。

方烟茹笑着说："这一顿我请哈！"

她倒是想回请，可沐千山总是能悄悄地买好单。

方烟茹都有些不好意思了。沐千山是来这里旅游，理应是她招待的。没想到反倒是沐千山一直请她吃东西。

沐千山笑着说："还和我客气！"

他先给方烟茹倒了茶，然后掏出一个盒子递过去，说："送给你。"

这镯子是他从南江外滩那边买来的，藏在口袋里，一直想送的。

但对上方烟茹，沐千山心里没底，特别怕被拒绝。

这样他连以朋友的身份靠近方烟茹的机会都没有了。

第三章 烟火

沐千山脸色很平静,不见一丝慌乱,可心里很忐忑。

方烟茹打开一看,是一只银色的镯子,样式很普通,上面有很有多碎钻。

那碎钻晶莹剔透,一看玻璃材质就很好。

这样的镯子,方烟茹有一大盒,每一只镯子都比沐千山买的漂亮。

那些镯子都是她从网上买来的,十来块钱还包邮。

在南江的时候,她一天戴一个,一个月都能不重样。

方烟茹对标牌没在意。

眼前这镯子看起来质感不错,估计得四五十块钱吧。

沐千山送的礼物,好歹是心意,不是太好看也不要紧。

她立即把镯子戴到了手腕上,很开心地说:"谢谢!你怎么知道我很喜欢?"

沐千山心里大定。

在外滩的店里,店员就告诉他,这是铂金钻石手镯的经典款,价格虽然高,但确实是求爱的神器。

这么多年,沐千山也没有送女孩子礼物的经验,总觉得还是给方烟茹买个贵的好。

犹豫再三,他走进了外滩的店铺里。

他觉得只有好的,才能配得上方烟茹。

看到方烟茹这么高兴地收下了他送的手镯,想来就是答应做他的女朋友了!

沐千山嘴角上扬,满心喜悦,口气更加温柔了,笑着说:"以前看你戴过手镯的。"

方烟茹"嗯"了一声,说:"是啊,在南江那边我可以戴。我们这里上班有规定,穿制服就不能戴首饰了。"

沐千山认真地说:"下了班可以戴嘛!你戴起来很漂亮。"

被人当面夸奖,方烟茹脸红扑扑的。

她不好意思地低着头,说:"沐医生客气了。"

沐千山笑着说:"小茹,你叫我名字就可以了。"

生活中的沐千山,确实比工作状态下的沐千山鲜活多了。

方烟茹笑着说:"沐千山,你现在的样子,和我在医院看到的你不一样。"

沐千山认真看着方烟茹的眼睛,笑容满满,说:"有机会,让你看看我生活的另一面吧!"

方烟茹眨了眨眼睛,笑盈盈地说:"好啊!每个人工作时候和生活时候都是不一样的。"

沐千山简直是心花怒放。

他应该早一点把手镯拿出来的!

沐千山笑着说:"你5点半下班吧?等下我来接你。"

实在是最近案子多,不好请假。不然方烟茹一定要尽地主之谊,带着沐千山好好逛逛这儿。

人家沐千山那么忙,抽空来玩一趟也不容易。

方烟茹满口答应,笑盈盈地说:"好啊!古城的夜景很美的。"

沐千山笑得合不拢嘴,说:"那就这样说定了。"

笋干肉丝已经摆上了桌,热气腾腾的臭鳜鱼锅仔也端了上来。

方烟茹说:"我们这毛豆腐也好吃。不过要去深渡吃。"

沐千山仔细研究过这里的旅游地图的,笑着说:"下次我来的时候,我们去新安山水画廊走一走吧。"

他夹了一块鱼,细细地挑出了鱼刺,然后把鱼肉夹给了方烟茹。

沐千山有些紧张,小心地留意着方烟茹的神色,生怕她不去吃这块鱼肉。

方烟茹一愣。

她吃掉了鱼肉,轻轻地说:"不用客气啊!"

沐千山心里有了几分笃定,说:"不是客气啦!你能和我一起吃饭,我很高兴。这事儿,我也做得习惯。我可是神经外科的医生,是可以给葡萄缝皮的!"

方烟茹说:"你真厉害!"

对上方烟茹崇拜的眼神,沐千山把腰板挺得更直了一些。

他笑着说:"没什么啦!都是练出来的。小茹,说好了,我们要一起去新安山水画廊的啊!我听说那边的民宿很好,可以晚上住在那里看星星!"

方烟茹笑着,眉眼弯弯如新月一样,说:"好啊!那里风景很漂亮。尤其是春天,可美了。"

沐千山看着方烟茹,口气越发温柔,说:"我以后尽可能把假都留在周六或者周日,坐动车过来,至少半个月能来一趟。"

方烟茹心里一喜。

沐千山要经常来这里呢!

他的意思是不是就是想来经常看她呢?

很快,方烟茹就否认了自己这个大胆的想法。

徽州这里风景很好,是很有多人流连忘返。

沐千山想来多看看很正常。

再说了,她是知道沐千山工作是很忙碌的,估计他也就是随口一说罢了。

方烟茹低垂着眼睛，掩下了所有的心思。

她笑着，客客气气地说："好啊，欢迎来玩呀！"

沐千山心情更好了，说："你真不想再出去，也可以的。"

这里是方烟茹的家。

她如果想一直在这里也好。

这里的房价，他也看了，首付是够的，买得起。

反正现在交通便利，大不了，他有空就往这边跑就是了。

提到这个话题，方烟茹有些迟疑，说："嗯，我还没有想好呢。"

她不想说这个话题，说："这家笋干肉丝特别下饭。"

徽菜很好吃，即便是路边的小店，也有自家的招牌徽菜。

沐千山说："你应该炒得更好，我记得你说过，你做的笋干肉丝面很好。以后有机会，可以尝尝你做的吗？"

方烟茹笑着说："当然可以啊。明天早上来我们家店里吧，我早点起来做给你吃。"

她家里就是做早点的，家里笋干、肉丝、豆腐干等都是全的。抽空炒个菜，煮碗面，对她来说很简单。

沐千山心里一暖，方烟茹都愿意为他洗手做羹汤了！

他都能想象得到他和方烟茹以后幸福的家庭生活。

不过，家务，他也要干。

照顾方烟茹，是他应该承担起的责任。

沐千山笑着说："我家务做得不错，也会做饭的。我火锅做得好，我刀工很好，牛肉能片成很薄的片儿。"

他顿了顿，有些迟疑地说："我家境一般吧。我要买房子，得靠自己。想在南江买，估计要再过好几年才凑得起首付，还需要摇号，不一定摇得到，位置肯定不好。要是这里，首付已经够了，装

第三章 烟火

修款再攒一攒,也就没问题了。"

这些话,他早就想说了。

虽然他不是很有钱,但他会竭尽所能给方烟茹一个家。

方烟茹点点头。

之前也有外地的朋友来玩,看到风景好,聊天时候就说想在这里买房子来度假。

所以她没多想,说:"我们这里挺适合居住的。这边新开的楼盘有好几个。我们院附近这一带价格都不算高,市区价格高一点,尤其是江景房,看你怎么想了。"

沐千山很认真地说:"我不抽烟、不喝酒,下了班基本上都在看书,也不太喜欢出去玩,空的时候偶尔会在手机上玩把游戏。前阵子买了车,上牌照,花了不少。想在这里买的话,首付,我现在就行的,房贷有公积金,装修款嘛——过几个月也差不多够了。将来我们日子还是好过的。"

方烟茹有些奇怪沐千山会对她说这一番话,总觉得哪里有什么不对劲。

她仔细瞧了瞧沐千山的神色,见他一脸认真,看不出来有什么异样。

方烟茹微微张了张嘴,想说点什么,又不知道问什么好,干脆低头吃了一筷子鱼。

沐千山问:"你呢?喜欢哪里?"

方烟茹很诚实地说:"我没想过这个问题。"

她是本地人,现在就住家里。

沐千山说:"你想想看?"

在这里买房子,他肯定要听方烟茹的意见。

方烟茹笑着说:"如果真要买,那我就越近越好,最好能走路上班。早上骑电瓶车有点冷。"

不过,短期内,她还不去考虑这个问题。毕竟买了房,就意味着她打算在这里长长久久地待着了。

到底何去何从,此时此刻,方烟茹心里还没有一个特别明确的答案。

沐千山认真地点点头:"我知道了。"

这样想想看,方烟茹在这里工作也很好,最起码,他买房的压力就没有那么大了。

以后,他们的日子会越来越好的。

沐千山不由地笑出声,温柔地看着她,高兴地说:"小茹,这里挺好的,我都不想回去了。"

方烟茹也笑着说:"那就欢迎常来!"

对每一个来这里玩的朋友,方烟茹都是很欢迎的,说了同样的一句话。

沐千山却误会了,更是满心欢喜,说:"春节我有两天假,我到时再来哈。"

下次来,他就要带点礼物,正式去拜访方烟茹的长辈们。

春节要来啊!

那几天,方烟茹要忙拜年。

估计沐千山也就是随口一说吧。也有朋友说过很快要再来,结果忙着结婚去了,到现在都没有来。

方烟茹迟疑了一下,笑着说:"好!"

沐千山很高兴,眉飞色舞的。

第四章　不舍

沐千山回南江的时候，方烟茹都有些依依不舍了。

她说："下次看到你也不知道是什么时候。"

沐千山确实不想走，但是假期就这么几天。

他说："春节，我也有假的，只要没有急事，我肯定会来。"

这两天，沐千山已经麻利地上网搜了"第一次正式拜访女朋友的父母要送什么礼物"的答案。

他还特意问了有经验的朋友们。

回去以后，这件事，他要立即着手准备起来。

方烟茹笑了，说："你还真有空来啊！"

沐千山嘿嘿笑着，说："没有空，也得有空呀！"

不过计划总赶不上变化。

他怕真的做不到，会让方烟茹失望。

于是，沐千山接着说："真没空，那也没办法，只能下次了。医院事情多，也没办法。"

现在听沐千山说他没有空，可能不过来，方烟茹松了一口气。

她反倒觉得沐千山这样子才正常了。

不然，前两天沐千山那热情过了头的模样，她左看右看，实在是觉得怪怪的。

但具体哪里怪，她又说不上来。

可沐千山真的表现正常了，她却隐隐觉得有些失落。

为什么觉得失落，方烟茹也不知道是什么原因。

这样的感受来得很莫名其妙，就像是一缕风，突然飘来，又飘向未知的远方。

她似乎心里有期待。

但到底期待什么，她也不知道。

沐千山又说："你要按时吃饭，喝温开水。尤其别熬夜。"

方烟茹说："知道的。"

沐千山很想伸手去握一握方烟茹的手，但站在方烟茹跟前时，却不敢动，生怕冒犯到她。

他扶了扶眼镜，笑着说："那我就走了。"

方烟茹说："一路顺风！"

沐千山发动了车，摇下了车窗，依依不舍地说："那我走了。"

方烟茹笑了笑，说："到了跟我说一声。"

沐千山被方烟茹的笑容闪了一下，心里泛着旖旎的情思，就像山林突然起了风，叶子摩擦出哗哗的声响，每一片叶子上都是方烟茹的名字。

他真的很不想走，希望相聚的时光能再长一些。

但假期余额已经严重不足，他明天得上班了。

沐千山说："好，我到了告诉你。以后常联系啊！"

方烟茹甜甜地笑着，说："好啊！"

第四章 不舍

送走了沐千山,方烟茹回去上班。

她刚到院里,就见办公室的同事在二楼大厅挂起了红灯笼。

灯笼上写了几个大字"春节快乐"。

案头还有几个案子,赶紧办了,送到法院去,她就可以安安心心过节了。

这样一想,方烟茹的步子都轻松了许多。

办公室里,刘嘉在加班看卷宗。

方烟茹说:"又有新到的案子吗?"

刘嘉"嗯"了一声,指了一个卷宗,说:"这个你看一下。我定好了,明天上午去提审。"

方烟茹打开一看,是一个涉嫌非法行医案的案子。

这类案子,她还是第一次见。

方烟茹说:"现在还有人假冒医生去给人看病啊?"

想当医生,需要学习很多的专业知识,还必须有相应的临床经验。

方烟茹看了卷宗。

这个男人也是胆大,啥都不会,什么证书都没有,居然敢套上白大褂,装模作样去给人去看病。

方烟茹说:"这不是胡来吗?"

医学是一个很严谨的学科。事关人的生命,医生从业的准入门槛一直都很高。

刘嘉说:"之前他就因为非法行医被行政处罚过,现在还不知悔改。"

方烟茹看到了案情。

这个男人被卫健委行政处罚后,关了原来的诊所,就在家里悄悄接诊。

他为病人用了阿莫西林克拉维酸钾静脉输液，在输液前进行了过敏试验。

病人皮试阴性。

在输液过程中，病人胸闷、呼吸困难，然后口唇发绀，之后出现休克症状。

这个男人整个人都傻了，愣了半个小时才想起来把病人送到医院。

医院积极抢救，可病人还是没有救回来。

经鉴定：病人符合药物引起的急性过敏性休克。

方烟茹惊呆了！

阿莫西林克拉维酸钾打点滴之前，是必须要进行皮试的，而且皮试阴性不代表完全不过敏。注射后，病人都是要留在医院里观察半小时的！

一旦病人出现严重过敏症状，医院需要立即处置。

下午，在看守所里，隔着铁窗，方烟茹见到了那个冒牌的医生。

男人在哭，说："以前给他挂水都好好的，怎么就没了呢！"

刘嘉问："你没有医师资格证，怎么敢给病人看病？"

男人说："我爸爸以前是赤脚医生，我也想当医生，可学习不好，考不上。我家里有电脑，病人一边说他什么毛病，我一边搜，基本上能得到差不多的结论。要是看着严重的，我就不收，建议他们上医院看看。这些年都这么看过来的。"

刘嘉接着问："药品哪里来的？"

第四章　不舍

现在药品管控严格，正规途径是不可能得到的。

男人说："以前的存货，还没有过期。我自己没证，但之前拉有证的人一起搞诊所，诊所是正规的，所以当时进得来药。"他耷拉着头："我本来不接诊了，老王是老朋友了。他不太舒服，找到我，说上医院排队麻烦，让我给看看，我推不掉才去看的。他跟我说他从来就不过敏的。"

男人是投案自首的。

他的家属已经积极赔偿了病人家属，病人家属也出具了谅解书。

可再多的钱，也挽回不了逝去的生命。

男人悲痛地说："我和老王是几十年的老朋友了。我几年前也给他输过液，他都没事啊！我记得啊！他平时身体也没有大毛病啊！真没！我可以打包票！"

以前不过敏，不意味着以后不过敏。而且过敏是需要及时抢救的！

方烟茹以前听沐千山提过这些。

沐千山刚入职的时候，在医院各个科室轮转，在急诊室遇到抢救过敏休克患者的病例。

那次，抢救成功了。

沐千山参与过，很有成就感。

阿莫西林克拉维酸钾过敏的抢救药物是肾上腺素，需要深部肌肉注射。

男人缺乏医学知识，手头没有抢救药物，没有及时救治，错过了受害人的黄金抢救时间。

医学啊，是专业，是科学！

每一个治疗步骤,都有严格的规范。

男人哭得上气不接下气,断断续续地说:"我和老王是真熟的,打小就认识。我很后悔,我认罪。关我几年都可以啊!都是我的错!早知道我就不给他看了,一定劝他去医院!"

和上次哭得很有节奏的那个人相比,眼前的人哭得十分真切,干呕了两声,说话的条理都不清晰了。

方烟茹看得出来,他是真的后悔了。

可世上就没有后悔药的。

任何人都要为自己的行为付出代价。

错了就是错了。

法律的天平摆在那里,即便悔过的泪水再真切,犯了错也应当受到相应的惩罚。

到了晚上6点多,方烟茹收到了沐千山的微信。

"我到了哦!"

沐千山接着发来一张图。

他拍了张在食堂里点的饭菜,是简简单单的一荤、两素、一碗汤和一大份米饭。

方烟茹回:"好好吃,等下好好休息。"

明天沐千山是主班,从早上8点到下午5点都会很忙。

沐千山一边吃,一边打字:"我吃好就回宿舍。"

医院是有宿舍的,医院里的职工交了租金就可以住。

他一直住的是双人间,心里盘算着回头租个单人间,以后方烟茹来看他会方便些。

就是单人间太少了,一直供不应求,他也不知道租不租得到。

第四章 不舍

不过，办法总比困难多。

只要方烟茹和他在一起，日子是甜的，什么都不是事儿。

这样想着，沐千山整个人都精神焕发起来。

方烟茹问："等下走回去吗？"

医院的宿舍在陆家嘴那一带，从小路走过去要半个多小时。

以前方烟茹在医院的工作的时候，就和沐千山是前后宿舍楼的。

沐千山回复："对啊！我们以前一起回去好几次呢！有一次还是夜里。"

那天的事情虽然有些棘手，但夜空里的星星可真多真亮啊！

因为那时候，方烟茹就在旁边，他心里一阵欢喜，步子都轻快了许多。

沐千山提到的这件事，方烟茹简直是记忆太深刻了。

那次她加班忙到深夜，离开医院的时候正好遇到沐千山，然后结伴回去。

外头很黑，因为是小街小巷，街上没有其他人，安静得只听得见他们的脚步声。

偏偏沐千山的步子很大，她又不敢一个人走，几乎是一路小跑，才跟上了沐千山的步伐。

方烟茹说："嗯。你先吃饭吧！"

她心里有一点不高兴，语气稍微冷淡了一些。

沐千山又问："在吃呢！你晚上吃什么啊？"

方烟茹没有删过微信的聊天记录。

沐千山以前给她发信息时，可没有那么多的语气词，也不会说太多的废话。

方烟茹有些纳闷，沐千山不是一个喜欢废话的人，怎么现在也说起废话来了。

她说："就煮了碗面吃。嗯，是青椒肉丝面。我晚上蛮喜欢吃面条的，有时候会自己炒年糕吃，或者炒一碗蛋炒饭。"

他们一家人基本上凑不到一起吃饭，都是各吃各的。

要到过年的时候，他们一家人才能整整齐齐在一起，开开心心吃一顿年夜饭。

方奶奶和方妈妈要忙店里的生意。

方炆茂读高三，几乎一整天都在学校里。

方爷爷当保安，一般不在家吃。

方爸爸是水电工，在外跟着工程队到处跑，但今年说是工程太忙，要赶工，不一定能回来吃年夜饭。

沐千山马上夸，立即打字："你做的面真好吃。下次还想去吃。"

被人夸了，方烟茹也就高兴起来，回复："好啊！"

沐千山继续发消息，说："我和同事换了班，我初三到初六有4天假。"

方烟茹问："你回老家吗？"

记忆中，沐千山好像是南方那边的，到南江读大学，然后一直在南江了。

过了一会儿，沐千山才回："我一般清明回去。你有空多休息。"

方烟茹说："好，你也是。好好休息。"

过了2个小时，沐千山才回："好。"

之后，到方烟茹睡前，沐千山都没有再说什么。

这一整晚，她都没有睡踏实。

做了一个接着一个的梦，而这些梦都是支离破碎的。

第四章　不舍

她记不清梦里遇到的场景,只是醒了又睡,睡了又醒。

多梦的夜晚,等待的时光,真难熬啊!

不等着,她心里放不下,仿佛下一秒就可能有沐千山的消息。

可她等着,等来等去,都没看到消息。

困到极点,她便睡得着,可稍微清醒一点,她就想着去看手机。

她这是怎么了?

她怎么会这样心神不宁?

第五章 相思

早上,方烟茹揉了揉眼睛,打开手机。

微信里,沐千山没有给她发只言片语,就像是人间蒸发一样。

方烟茹心情不太好了。

怎么说着说着,沐千山人就不见了?

他再忙也不至于是这样吧?

捧着手机,方烟茹看着安静得像是石头一样的手机界面,犹豫了好一会儿。

要不要给沐千山主动发信息呢?

以前都是沐千山发信息,她回就可以了。

方烟茹觉得自己先给他留言不太好。

万一她主动了一回,人家半天不搭理,倒显得她闲得没事干,有点自作多情。

可那几天相处下来,方烟茹隐隐察觉沐千山对她有点朋友之上的感觉。

昨天夜里,她把他们相处的时光,拆解成片段,细细地回想,解读出很多重含义。

第五章 相思

而她解读出来的这些含义,倾向性是不定的。

她这样认为也可以,那样想也说得通。

沐千山到底是什么个意思呢?

方烟茹真的不知道。

她的心思也跟着千回百转,云遮雾绕。

犹豫了好一会儿,方烟茹还是发了信息:"沐医生?"

她就打了三个字。

沐千山的生活很有规律。

早上这个点,他应该才起床,应该会看手机的。

如果沐千山回了消息,她就再看看。

要是不回,那就是她自己多心了。

大概率还是她自己想多了吧。

可是,方烟茹在心底还是抱有一丝丝的幻想,或者说期待。

沐千山真的很好,很温柔啊!

方烟茹被自己的念头吓了一跳。

不知道从什么时候起,她对沐千山有了遐想。

这样的念头,就跟笋一样,虽然埋在地底下,但也在悄悄地长大,不知道什么时候就会冒出头来。

可是,沐千山虽然很好,但他们之间太远了。

她要不要回南江去工作呢?

现在的她,应该工作还是好找的。

但她回南江的话,需要割舍很多。

方烟茹想了好一会儿,也没想出结果来。

她有一点空就去看手机。

可是,沐千山到她去上班的时候都还没有回她的信息。

这是除夕前的最后一个工作日,方烟茹要跟刘嘉出庭支持公诉。

刘嘉看出来方烟茹情绪不对,问:"怎么了?"

方烟茹说:"没什么。"

情绪不能带入工作中,作为法律工作者,她要冷静下来。

工作的时间总是过得飞快。

中午下了班,方烟茹迫不及待地去看手机。

可沐千山还是没有回她。

明明昨晚没有睡好,但是今天中午,方烟茹还没有困意。

一个小时里,她每隔几分钟,就去看一看手机。

明明手机里可以消磨时光的信息铺天盖地。

但方烟茹就是看不进去。

她和沐千山的那个对话框没有新的消息。

等待消息的过程总是漫长的。

方烟茹有些不高兴。

她想再发一条信息给沐千山,可字打了一半,又都删了。

已经主动了一回,她就不好意思再去给他发信息了。

即便沐千山今天主班,太忙了,也是有一点点时间看手机的。

他不回信息,大概就是觉得没有必要回复。

毕竟他们也就是朋友而已。人家没有义务每一条信息都回。

这样想着,方烟茹放下了手机。

手机是放下了,可她的心思却没有放下,依然会留意,心里闷闷的。

她这种闷闷的感受是说不清的,而且挥之不去。

第五章　相思

晚上 8 点多，方烟茹的微信提示音又响了。

方烟茹拿起来一看，是沐千山发来的。

沐千山回："今天一直忙啊一直忙，忙到了现在。我都还好。你呢，你今天怎么样？"

方烟茹回："我都还好，你多休息啊。"

"小茹，不好意思啊！我答应你春节放假要去你那里的，现在肯定去不了，有工作安排了。好可惜，我本来和同事都调好班了，凑了 4 天出来。结果现在去不了。"

方烟茹说："这又没什么，过些日子再来呗。"

虽然在意料之中，但是方烟茹心里还是失落的。

真的是她多想了啊！

很快，她情绪就好了。

沐千山不来，又不是什么大事。

他们只是朋友而已嘛！

他之前就是来旅游的。

徽州的四季各有各的美，沐千山想来玩，什么时候都可以。

她才不盼着人家来呢！

"好。我这里忙好，一定过去找你。"

"最近要照顾好自己。"

"同事深造去了，我临时接住院总医师的工作。"

"估计我至少得做几个月。"

"主任说之前这活是我干的，最近就让我来了。"

"假期会变少很多。"

"手机要 24 小时开机，人一般不能离开医院，得随叫随到。"

"昨天我就睡了不到 2 个小时。"

55

"不是故意不回信息的。"

沐千山一口气发了好几条信息。

他很不好意思!

今天忙到飞起,根本没时间看手机!他不用想都知道,方烟茹肯定会不高兴!他得赶紧解释清楚。

他晋升主治医师之前,做了一年住院总医师,每天一大堆工作,整个人泡在医院里,根本没有太多时间去接近方烟茹。

等到沐千山终于卸任了住院总医师,有空去接近她的时候,方烟茹却离职了。

最近一阵子有空,他盘算着可以多多来看看方烟茹。

可现在,他又得去当住院总医师,忙得昏天黑地的!

谈恋爱、培养感情需要时间。

但现在的关键问题是他没有时间!

听沐千山这么一说,方烟茹就明白了。

住院总医师多忙啊!不要说休假了,一天能好好睡个安稳觉都是很难得了!

沐千山一直都不是一个话多的人!

他能说这么一串话,估计就是怕她误会多心吧!

她发信息说:"好的,知道的。住院总医师太忙了。你有空多睡觉啊!"

沐千山发信息问:"我可以看看你吗?"

紧接着,微信视频通话的铃声响了。

方烟茹有点愣,沐千山怎么突然这么说?

犹豫了几秒,她接了。

画面上,沐千山正对她笑着说:"小茹。"

第五章 相思

他一看就有些累，神色疲倦，眯着眼睛，眼圈有点红。

沐千山笑着说："我可能这一阵子会很忙。上班的时候，不一定有时间看手机。有点空，我都会回信息的。"

这是肯定的啊！住院总医师沐千山肯定很忙，得24小时值班，随时随地都可能被喊走，他们神经外科哪里有需要，他就得出现在哪里。

听到了沐千山的解释，方烟茹心里安定了许多，笑起来，说："你去忙你的啊！不用那么客气。"

沐千山认认真真地说："肯定要跟你说一声。我肯定不会故意不回你的信息。"

方烟茹觉得心里甜了许多，说："知道的。"

等一等，沐千山干吗要跟她报备行踪？

现在，她和沐千山是不是也太熟络了一点？

而且她干吗要一直期待有没有沐千山的信息？

等不到他的信息，她就心里不安，等到了信息就高兴。

方烟茹察觉到自己心思更异样了。

她不由地仔细地看着沐千山。

眼前的沐千山，气质是介于男孩与男人之间，眉宇之间有些许的成熟。

大部分时候，沐千山温和镇定，让人觉得他很踏实。

是啊，她早就知道沐千山是很好的。

学霸，工作好、长得好、脾气好，还会干家务，又没有什么不良嗜好。

可就是他太好了。

良宵之月，高岭之花，松间之风，都是很好的。

好到她觉得她只能远远去看他。

毕竟,她在徽州,而沐千山在南江。

要是最后,她没有去南江工作,他们的未来岂不是很渺茫?

可是,让她完全放弃徽州,确实又不舍。

世间安得双全法啊!

现在,她跟沐千山就这样不远不近地处着吧。

再远一点,她心里舍不得。

可再近一点,她怕反而不如现在。

沐千山想起了一件事,说:"我平时花得不多。工资基本上存了下来,这几年挣的钱,买完车,还剩一些,我等下全转给你。首付够的,装修费暂时不够。"

"你决定在我们这买房?"方烟茹问,"这事儿,还是等你来再做决定。"

沐千山认真地看着方烟茹,努力睁大着眼睛,笑着说:"我最近哪有时间啊,你看着,先帮我存着吧。"

方烟茹有些奇怪,问:"你为什么不让你父母帮你存?"

沐千山微微低下头,又抬起脸,眼圈更红了,说:"他们——用不到了。你替我存着吧。以后有时间,我再来和你一家家去看。"

方烟茹更奇怪了,问:"你怎么了?为什么突然要在我们这买房?"

沐千山又笑起来,说:"没怎么啊!看到你,看到你啊——我是真高兴。那几天,在你那里,我很高兴。我很喜欢你们那儿,有古老的城墙,有蜿蜒安静的小巷,有好吃的徽州美食,有温暖和煦的阳光,有很多很多。"

当然,还有方烟茹啊!

第五章 相思

他定定地看着方烟茹,然后傻傻地笑了起来。

方烟茹说:"我们这还有很多好看的地方。下次再来玩啊!"

沐千山笑容有些模糊,说:"好。我还想去吃你说的深渡毛豆腐呢。"

他明明很困了,但是仍然舍不得挂断视频通话,尽力笑着说:"我在网上搜了,你那儿有很多小山村,风光秀丽,都很有特色。"

方烟茹笑着说:"我们这是古徽州啊!风景好,还有深厚的文化底蕴。就比如马上春天要到了吧,我们这的一个叫卖花渔村的地方,那里的梅花会开。"

沐千山说:"一定很漂亮。"

"对呀!我去过的!漫山遍野的梅花在曲折的枝头含苞待放,幽香阵阵,沁人心脾。他们那几乎家家户户都做盆景,做得很好呢!"

方烟茹开心地大段大段地描述,说:"其实除了卖花渔村,我们这里很多地方也有梅花,只是种得没有那么多罢了!就是你去过的古城。城边的公园里就有梅花,粉红色的花瓣,淡黄色的花蕊,散发着香气,可美了。"

"我们这春天是真好看。各种花次第开放。桃花坝的桃花、上丰的梨花、新安江山水画廊的油菜花,看得人目不暇接。"

"春到徽州,美在徽州。"

"反正,再过几天,就可以去卖花渔村看梅花了。"

听着方烟茹的絮絮叨叨,沐千山的心越来越静了。

世事难料。

在医院里,他见过太多的人生转折。

明天和意外,真不知道谁会先来。

但是这一刻,沐千山的心里舒坦了许多,说:"我背过不少梅花的诗。改两句用在这里啊。"

他稍微思索了一下,含蓄地说:"忆梅在江城,几枝寄皖南。"

方烟茹"咦"了一声,眼睛都亮了,说:"你不是学医的吗?诗词也熟悉么?"

沐千山就是很优秀!

学霸果然就是学霸!

方烟茹就是很崇拜学习好的人。

她没仔细琢磨诗句里的意思。

沐千山说:"闲暇的时候,我看了一些的。我很喜欢古典诗词。烦躁的时候,我就去看看古典诗词,然后心就会静下来。"

他的口气有一些伤感,说:"记得那时候,我是实习医生吧,跟着上级医生去抢救。那是上班的第一天,我们遇到心梗的患者。发现得太晚了。我们轮流去按压,心肺复苏。可还是没有救回来。挺无奈的。你还记得那句话吗?"

方烟茹秒懂,说:"医者,有时去治愈,时常去帮助,总是去安慰。你说的是这一句吗?"

沐千山点点头,说:"对啊!医学未知的领域实在是太多了。我们医生拼尽全力,真想留住病人的生命。但有时候未必能做到。"

"很多时候,事情来了,是想都想不到的。"

他停顿了一下,接着说:"我一直全力以赴,但有时候,会觉得自己很渺小。我很想去救很多人,但是有时候,实在是——会觉得自己太渺小了——实在是那种无力感吧!"

沐千山目光微微闪着光,很快,他就收敛了情绪,说:"我会用尽我所能的。"

第五章 相思

方烟茹认认真真地说:"其实,我一直觉得你非常优秀。你很厉害的。你是一个很优秀、很负责的医生!"

沐千山眼睛一亮,问:"是吗?"

方烟茹说:"对啊!你真的很厉害的!你是一名很优秀的医生!我看过你工作的时候的样子,白衣如雪,很敬业,很负责。"

得到了方烟茹的肯定,沐千山觉得浑身都充满了力量。

他又笑起来,说:"其实,我挺普通的。像我这样的小医生,光我们医院就有很多呢!"

方烟茹说:"你已经很棒了!我见过你工作时候的模样,很专注的。"

她眨了眨眼睛,笑吟吟的,说:"认真工作的男人最帅了!"

沐千山的笑容里多了一分腼腆,脸都红了,说:"有你的肯定,我很高兴。别的没有什么,我有空就去找你,我就是希望你平平安安、快快乐乐的。"

方烟茹说:"我会注意啊!你更是啊!"

沐千山用力地点点头,隔着屏幕,仔细看着方烟茹的脸,笑着说:"会的啊!平安喜乐嘛!多么美好!"

他挠头了,说:"等我们科新考上执业医师的同事熬个2年,或者新招来人的话,我应该就不用当住院总医师了。但我这些天,会很忙。等我忙好这一阵子,肯定会第一时间去找你。"

之前,答应得好好的,最后,沐千山却只能食言。

方烟茹说:"没事的。你是正事。"

其实,这个话,沐千山已经说过了,真的有事做不到,方烟茹觉得没什么的。

"不不不,来你这儿,是我答应好的。"沐千山说,"反正,过些日子，我一定要去的。"

他说得郑重其事。

方烟茹说："真没什么。"

有几缕秀发飘下来，遮挡了她的视线。

方烟茹伸手去撩了一下头发，露出了手腕。

她的手腕上止戴着之前沐千山送的手镯。

沐千山看到了，心里更喜悦，说话的口气更温柔了，说："我是男人嘛！答应你的事，我就一定要做到的。"

方烟茹点点头，笑着说："好啊。到时候我陪你继续逛。我们这里别的不多，就是美景多、美食多。"

沐千山问："你还喜欢吃什么？以后有机会，我也学着做。"

话越说越多，两个人距离越来越近。

方烟茹笑着说："家常菜就可以了。"

她的笑容里也有些羞涩。

沐千山这些话到底是啥意思呢？

真的只是和她闲聊么？

听他说话的口气，越听，她越觉得沐千山对她真有一点别的意思。

但她不能确定。

方烟茹有些期待，心如揣了一只小兔子，在怦怦地跳着。

可她不敢去问。

她怕自己会错意，那就尴尬了。

于是，她就这样含含糊糊的。

沐千山笑着说："家常菜就很多种了，我慢慢学呗。我自己做得少，现在就会番茄炒鸡饭那几个最简单的。火锅做得凑合，因为

第五章 相思

买得到配料。家务,肯定是没有问题的。"

他停顿了一下,说:"以后有时间,我一样样去学。"

他很想有以后的,尤其是他想和方烟茹有以后。

方烟茹笑着说:"想学很简单呀!现在网上都有菜谱,对着练习几次就好了。"

"好,我这就去看看。你喜欢吃什么?我有空就学起来。"沐千山继续追问。

"就是很平常的菜就可以了。"方烟茹笑着说,"各种炒肉丝吧!我喜欢吃的。"

沐千山定定地看着方烟茹,说:"好,我有空好好学。小茹,我们很快会再见的,不是隔着屏幕见。有天一定要让你吃到我做的饭菜。"

方烟茹笑着说:"好。"

沐千山的手机都烫了。可他不舍得挂掉电话。

就这样和方烟茹说说话,沐千山的感觉就很好。

要是能和她一起做做饭、炒炒菜那就更好了。

寻常的饭菜,普通的灯火,握得住的幸福,此时此刻,他觉得十分珍贵。

就这样和沐千山稀里糊涂地聊到深夜,方烟茹都觉得不可思议。

她留意了时间,已经快12点了。

方烟茹便说:"你明天还要上班吧,早点休息。"

沐千山也看了一下时间,已经很晚了,是应该休息的。

他恋恋不舍地说:"外头下雨了。明天雨会更大吧。"

窗帘没有拉,沐千山望着窗外。

这是南江冬天的雨夜。

夜深人静。

繁华的城市似乎都笼罩在一片湿冷中。

明天就是除夕夜了。

天气预报说有小雨。

而那小雨里，大约都是相思意吧。

第六章　除夕

　　除夕一早，方妈妈关了店铺，和方奶奶一早就起来忙碌，贴上新对联、挂好大红灯笼，然后预备团圆饭。
　　这一天夜里，红灯笼会一直点着，取灯火光明、家宅兴旺的好兆头。
　　家人会守在一起，熬过12点，去迎接大年初一的到来。
　　这其中，团圆饭是徽州农历新年的重头戏。
　　无论平时多么忙，这一天，一家人都会回家，坐在一起，高高兴兴地吃一顿饭。
　　在团圆饭的桌上总有几个硬菜。
　　一家人都在灶台边忙碌着。
　　锅里土鸡汤已经炖上，方奶奶在做一品锅。
　　她在锅底铺上一层发起来的干豆角，再放一层半肥半瘦的大肉块，又铺上一层豆腐角，再加上一层做好的肉圆，再铺上切块的豆腐、萝卜块，然后又放上鸡蛋饺和各种丸子，再放几个辣椒壳，最后倒上一大碗鸡汤。
　　一品锅放在炉子上，用文火煨着，香气四溢。

方烟茹帮着洗菜。

水灵灵的菠菜、嫩嫩的小青菜、晶莹剔透的红薯粉丝都洗干净了，放在旁边，等着到时候烫着吃。

方妈妈在做葛粉圆子。

圆子蒸好是褐色透明的，大如拳头，里面有葛粉、火腿丁、豆腐、冬笋丁、香菇丁、木耳丁、肥肉丁、瘦肉丁。趁热吃，味道更好。

方爷爷还在上班。

他要到下午5点才能回来。

而方爸爸应该在回来的路上。

"小茹，你再去打个电话，问问你爸什么时候到？"

方爸爸常年在外，一年到头，也就是过年这几天在家里。

刚才给方爸爸打过2个电话了，一直没有人接。

方烟茹擦了手去打电话，可电话依然没有打通。

晚上要有一盘韭菜肉馅儿的煎饺。

方炆茂便走进来剁肉馅。

方奶奶说："你快去看书。"

方炆茂说："不差这一会儿。"他顿了顿，又道："我刚才给爸爸打电话了，也没有打通。"

这是从来就没有过的事情。

方家人不免有些担心，但今天是喜庆的日子，不能说不好的话。

方妈妈压下所有的担忧，说："也许是车上睡着了。"

方奶奶说："之前说坐今早的车回来，到家能吃中午饭。"

可能就是这样吧。

第六章 除夕

一家人继续忙着手上的活儿。

过年了,肯定要欢欢喜喜的。

方烟茹看了看手机,里头有一堆祝福信息。

她往下翻,还是2个小时前,沐千山发的信息。

沐千山说:"除夕快乐哦!我一会儿就去忙了。"

他拍了两张照片,一张是他早餐的照片,是食堂里的灌汤包、小米粥和水煮蛋;另外一张是食堂的内景,吃饭的人很多,墙边挂了一排小红灯笼。

方烟茹放大了照片看。

后一张照片里,灯笼下面是条幅的边沿,露出了一个"乐"字。

她就回了信息:"我在帮忙准备晚饭。你去忙吧。注意休息啊。"

沐千山回:"好。"

估计沐千山在上班吧!

短信里,也有很多祝福的信息。

方烟茹翻了一下,看到了今天早上的三笔转账信息,都是沐千山从三个银行转来的。

她没有给沐千山卡号。

沐千山直接转到了她在医院工作时的那张工资卡上。

现在都是电子银行,账目明晰,她又有工作,估计沐千山不怕她跑路,对她很放心。

这样想着,方烟茹的脸微微有些红。

她自己琢磨出来的这些理由,似乎有说不通的地方。

是啊,现在银行都是联网的,就算是沐千山确定在这里买房子,到时候,带上手机、带上银行卡,就可以了,完全没必要过一道她的手。

沐千山非要这样,是不是表示对她很信任,真有情呢?

如果是这样,真的很好啊!

方烟茹心跳如打鼓。

到底是她多想了,还是她没有多心呢?

如果她没有多心,就是她心里希望的那样,她能和沐千山像这样一点点接近,然后走近,最后有个美满结局,是真的很好啊!

沐千山真的蛮好的。

很多念头冒了出来,她的心乱了。

方烟茹想来想去,没有想出来答案。

她强迫自己镇定下来,洗韭菜去了。

方奶奶站起来掀开锅盖,大锅里炖着一大块火腿肉和冬笋片。

香气就这样飘了出来。

方奶奶往里面丢了两个干辣椒。

这一大块火腿是要做刀板香的。

等到快吃饭的时候,把炖透了的火腿从锅里捞出来切成片,装盘好,端上桌。

这一盘刀板香就可以吃了,肥而不腻,味道很香,切好就吃,特别下饭。

配菜也都准备得差不多了。

方烟茹数了数,今晚有一品锅、土鸡汤、刀板香、炖冬笋、红烧大虾、酱鸭、卤牛肉、红烧臭鳜鱼、葛粉圆子、芹菜香干肉丝,有10个菜,鸡鸭鱼肉就齐了,寓意十全十美,美满丰收。

菜准备齐了,就等一家人到齐。

但到快中午的时候,方爸爸还是没有回来。

家人打电话过去,也还是没有打通。

第六章　除夕

方妈妈心里急了，眉梢上就带了一点焦虑，说："会不会堵车了？"

大概就是这样吧。

方奶奶在炒菜。

除夕的中午，吃得稍微简单点。

但也有红烧鸡腿、糖醋排骨、炒莴笋干、香菇豆腐干肉片四个菜。

等到快12点，方奶奶说："我们不等了，先吃吧。"

4个人在厨房的小方桌上吃了午饭。

这几个菜里，方烟茹最喜欢吃炒莴笋干。

晒干的莴笋片用井水泡个把小时后，洗干净，用手挤出水分备用。

菜油下锅，烧热，然后下切成丁的火腿肥肉、生姜、大蒜、干辣椒，爆炒后，再放火腿片，炒一会儿后，再放莴笋干炒。

等到装盘时候，再撒上葱花，这一盘炒莴笋干就做好了。

吃着嘎嘣脆的莴笋干，再吃排骨，配上热气腾腾的米饭，就连方妈妈都少了几分焦急。

人间烟火味，最抚常人心。

家人总会回来的。

吃了午饭。

方爸爸就打来了视频电话。

方妈妈问："你现在到哪了？什么时候到家？"

方爸爸是在动车上，说："我今年不回去了。临时有个任务。"

方妈妈说："一年到头，你都是忙的，就是过年这些天不用做事。钱是挣不完的,差不多就行了。你还是快点回来吧。我们都等你回来吃年夜饭。"

方爸爸笑着说:"是紧急的活儿,赶工期的,得去啊!"他顿了一下,说:"转给你的钱,你收到了没有?我让我兄弟帮忙搞的。"

平时方爸爸的钱都是按月打回家的。

方妈妈有些奇怪,问:"什么钱?"

方爸爸说:"这几年平时攒了的,有2万块钱多一点,都转给你了。"

他停顿了一会儿,说"我们这个活儿大。很忙,是换人不停工的。到了以后,我就都得干活,没得工夫了。家里的事情就靠你了。"

一家人的头都凑到了屏幕前。

方奶奶说:"不能回来啊?晚饭都搞好了。"

方爸爸说:"妈,有急活儿啊,现在就往那边去。"

方妈妈问:"去哪里?"

方爸爸没有回答,只是催着说:"你现在就去看看钱到了没有。没有到,我再让我兄弟去看看怎么回事。"

方烟茹赶紧操作,登录了网上银行,就看到转账记录。

方炆茂在一边看,说:"爸,有的。"

看到儿子在,方爸爸便睁圆了眼睛,开始教育了他,说:"你有空就看书。这次还没考到500分吧。数学就多少啊?68分吧?课都给你补了,还这点分!怎么搞的?"

方炆茂低着头,嘴巴却噘着,眼睛左看右看的,敷衍地说:"知道了。"

方奶奶忙说:"大过节的,你少说两句。"

第六章 除夕

她看在眼里,方炆茂已经很用功了。

方爸爸又吩咐说:"你要多跟你姐学!她学习就没让我们操过心。"

方妈妈说:"能考个大学就行了。"

方爸爸便又叮嘱了几句,然后挂了视频。

吃完后,洗了碗,方烟茹就没什么事了,便回自己房间躺着。打开手机,却见手机上有两个视频通话未接,都是沐千山打来的。

她赶紧去看信息,十几分钟前,沐千山给她发了一张图,是一大碗水饺。

他说:"在吃呢!"

方烟茹赶紧回了信息:"好,刚才我在吃饭。"

沐千山又打来了视频电话。

方烟茹坐起来,理了理头发,然后接了。

屏幕上,沐千山笑着说:"小茹,我现在在宿舍,你在哪里呢?"

方烟茹说:"我在家里,等一会儿要睡一下,晚上得守岁的。"

"挺好的。"

方烟茹说:"我看到转账的信息了。等你过一阵子有空,你再来现场看看。买房子是大事。"

"好啊,一定去看的。"沐千山说,"到时候还要请你一起看看,我也不熟悉这些。"

方烟茹说:"其实,我也不知道。"

"没关系啊,那就过一阵子再一起研究啊!"沐千山说。

方烟茹说:"好吧。"

沐千山说:"上午的事,拉拉杂杂的。你呢,上午在忙什么?准备年夜饭吧。"

方烟茹说:"对啊!准备了很多菜,我晚上也吃饺子,是煎饺。可惜今晚我爸爸临时说他不来了。"

沐千山说:"我们医院今晚也有年夜饭,在食堂开饭。我们这些不回家的医生、护士在一起吃饭。"

方烟茹说:"那一定很热闹。你年年除夕都不回家吗?"

沐千山轻轻地"嗯"了一声,说:"我每年就休假一次。其他日子都是在南江的。"

方烟茹说:"是啊,春节人多。平时你可以休假去的。"

医生虽然很忙,但一年之中,抽几天休假还是可以的。

沐千山说:"平时不值班的话,其实还好。就是值夜班有些累。一整晚都醒着。现在做住院总医师吧,就更忙了。上次跟你说过的,进来有位病人突然血压不断往下掉,用药了一直上不去。我守了他大半宿。后来……"

他叹了口气。

那位病人血压一直往下掉,用上了所有能用的医疗手段,但还是稳不住血压。

到了下半夜,人就没有了,连手术的机会都没有等到。

每次,沐千山都尽力了。

但每次遇到这样的事,用红笔写病历的时候,他的心里还是有些堵得慌。

他很想救活他手头上的每一个病人。

但有些事情,不是他想就可以实现的。

沐千山说了两句后,马上说:"小茹。你春节值班么?家里拜

第六章 除夕

年还热闹吗?"

方烟茹说:"今年值班,我没有轮到。不过,我爸今年不回来。"

今年,她爸爸不在,还不知道怎么安排。

她的亲戚们可不少,每年拜年都是很忙的。

沐千山说:"那年夜饭买了什么菜啊。"

方烟茹说:"荤菜买好的,素菜,我们家有菜园的。"

荤菜是昨天就买好的,素菜有些在自己家小菜园里有。

她昨晚睡得晚,这会儿有点困了,眼皮有点往下坠。

沐千山看出来了,说:"小茹,要是困,你就休息一会儿吧。"

方烟茹说:"好啊!"

沐千山其实很想拉着方烟茹说话,随便说什么话都可以,只要是和她说话就行。

这种感觉很微妙。

他确实没什么要紧的事儿要说,都是一些没营养的话,沐千山就跟车轱辘一样,滚过来滚过去地说个不停。

可沐千山就是想说,拉着她不停地说。

话说了好几遍,他突然找不到什么词语了。

沐千山就想这样看着方烟茹,哪怕一句话都不说,只是静静地去看她,也是可以的。

他这样心里才会觉得踏实一点。

只是,他不能这样做。

他昨天已经拖着方烟茹说到大半夜了。她还要守岁,需要休息的。

沐千山说:"除夕快乐!"

方烟茹明媚地笑起来,说:"好,你也除夕快乐啊!我先去睡了。"

沐千山点点头，说："好啊。"

方烟茹挂断了视频通话。

沐千山看着已经黑掉的屏幕，心里有几分怅然，几分焦急，更多的是不舍。

他伸手抚摸了一下方烟茹的头像，那是一个可爱的漫画少女的头像，瓜子脸，一双水润润的眼睛大而有神。

他的手机里是有方烟茹照片的。

沐千山翻了出来。

那是他自己悄悄拍的。

照片里的方烟茹站在古城的城墙上，微微抬头去看湛蓝的天空，笑容很灿烂。

沐千山仔细看着照片，轻轻地说："小茹，等我。我一定很快去看你。"

方烟茹这一觉睡得很沉。

她一觉醒来，已经是下午4点多。

看看手机，没有沐千山的信息，估计他又在忙吧。

方烟茹下了楼。

归明堂上已经摆好了果盘。

方烟茹打开盘子，从里面拿了一个顶市酥，吃了起来。

这是她从小吃到大的徽州糕点，和蛋糕店的甜品相比，另有一番味道，很甜，香香软软的。

吃完了甜甜的顶市酥，方烟茹觉得自己整个人都甜了起来。

她走到厨房，方奶奶和方妈妈在忙碌着。

方奶奶嘀嘀咕咕说："怎么一个二个都不回来。"

第六章　除夕

方烟茹问:"爷爷和人换班了吗?"

方爷爷去年经过人介绍,出去打零工,因为超了岁数,进不了保安公司,也只能去小区当临时保安看看大门。

方妈妈说:"明年爸就别去了吧。忙点家里事也就够了。"

方奶奶说:"他自己非要去,说做得动,还是要多做做好。哎,和他搭班的老孙头犯了心梗进了医院。现在就他一个人在那看门,这不,过年都回不来了。"

方妈妈说:"等下,我让小茹去给爸送饭吧。"

也只好这样了。

这么多年都是一家六口吃的年夜饭,今年突然少了两个人,就像是圆缺了角,一个好好的年都不完整了。

第七章　早春

方奶奶坐在灶膛边烧柴火。

老式的收音机一直在播广播，信号不好时，会有吱吱的噪音。

柴火在灶膛里烧得正旺，噼里啪啦地响。

快到元宵节，空气中的喜庆气氛还没有淡去。

方爸爸也抽空回了一趟家，但待了两天，就又赶紧离开了。

方爷爷那新来了同事，又过上了和同事轮流在小区值守的生活。

方家人的日子跟发条一样不紧不慢地过着。

这就是生活呀！

一日三餐，衣食住行。

别的东西都是很遥远。

寻常徽州人家的食物是实在存在的，是看得见、摸得着、吃得进去的。

在烟熏火绕中，在一饭一菜里，味蕾得到满足，整颗心也会因此平静！

方妈妈说："我再做点馄饨吧，小茹喜欢吃的。"

第七章　早春

她细细地剁肉,把肉筋一点点挑出来。

方奶奶在大锅里熬着白米粥。

这熬白米粥看着简单易学,但要做得很好吃是不容易的,很讲火候。

方奶奶熬了大半辈子的粥,煮粥的手艺是炉火纯青。

米洗干净了,添上清水,然后放进大锅里。

灶膛里的柴火先要大火猛一阵去烧,等到把米烧开花了,她添柴的速度就要慢一点,然后火就小了。方奶奶等到粥煮得浓稠,再小火去熬。

等到粥香四溢,这一锅粥就煮好了。

这期间,方奶奶一直守着灶台,寸步不离。

方奶奶说:"叫小茂下楼吃饭吧。"

方妈妈说:"好。"

方奶奶突然又叫住了方妈妈,说:"还是等下,他昨天很晚才睡,让他多睡会儿。我再做个笋丁杂酱,小茹和小茂都爱吃。"

她颤颤巍巍地从椅子上站起来。

多少年了,徽州人的日子就这样安安稳稳地过下去了。

他们的日子没有那么多花里胡哨的粉红泡泡,是踏踏实实的吃饭穿衣。

这么多年都这样过来了。

再有波折,也都这样过下去了。

对老百姓来说,没有什么比安生过日子更要紧的事儿。

方烟茹起床的时候,方奶奶已经把笋丁杂酱做好了。

方炊茂坐在厨房的凳子上,端着碗喝粥,吃杂酱,喊了一声:"姐。"

方烟茹答应了一声,说:"杂酱好香啊!"

方奶奶坐在灶台边的椅子上,拎着火熜烤着火,眼睛眯着。

她听到方烟茹的声音,微微睁开眼,说:"小茹来了,多吃点。"

方烟茹笑起来,说:"好嘞,奶奶。"

方妈妈说:"还给你做了馄饨。"

方妈妈听到方烟茹的脚步声,就把馄饨下到锅里,不多时,就端了一碗馄饨出来。

方烟茹便低头吃起热乎乎的馄饨来。

她首先喝了一口汤,汤里放了芝麻油,更香了。

这碗满满的馄饨吃下去,再配着笋丁杂酱喝上小半碗粥,方烟茹整个人都舒坦起来。

方妈妈对方炆茂说:"吃完了快去看书吧。"

方炆茂答应了一声。

这些日子,他就是在家,也是宅在自己的房间里头。

方烟茹打开手机。

微信很安静。

沐千山的信息还停在昨天晚上 3 点多的那一条。

他说:"你早点休息啊!我接着去忙。然后!元宵节快乐!"

方烟茹一觉睡醒看到了,没有回。毕竟凌晨这个点,还是她睡觉的时间。

不过,时间可真快啊!

每天就这样过着,不知不觉居然就到元宵节了。

方烟茹说:"好的,你也要注意休息。元宵平安快乐!"

平安太重要了。

第七章 早春

先有平安,再有快乐。

不多时,沐千山发来了张照片。

照片里医院灯火通明,走廊上都住满了病人。

方烟茹知道沐千山是不容易的。

即便是过节,医院也不打烊,照样运转。

方烟茹回了一段语音:"有空回去好好睡一觉,好好休息啊!"

她的语气很温柔。

好好休息这几个字,真的不是客套。

方烟茹知道,沐千山太需要休息了!

他每天都得集中注意力,进行高强度工作,一天天忙下来,真需要多睡会儿,补充体力!

沐千山又拍了一张照片,是一个小碗,碗里有两个汤圆。

他说:"今天食堂里有汤圆,还是两个,打饭的师傅说,两个成双,团团圆圆。我来尝尝看,是什么馅儿。"

几秒后,他又发来一张图,是咬了一口的汤圆,流出里头黑芝麻馅儿。

沐千山说:"真甜!"

看到沐千山津津有味地吃着汤圆,方烟茹也跟着高兴起来。

她感觉得到,这些日子里,沐千山的精神一直高度紧张,就像是紧绷着的弦,话语间都透着压抑。

而今天,大约是过节的缘故,他整个人松快了许多,就像是他碗里的汤圆,带着甜味儿。

方烟茹舔了舔嘴唇,她也想吃甜甜的汤圆了。

南江下一整夜雨。

大半宿风雨交加,气温降得厉害。

沐千山几乎没怎么睡,大清早便站在值班室的窗边,拍了一张照片。

医院外头是大马路。

虽然是清晨,但马路上已经热闹起来了,车来车往、人声鼎沸的。

城市依然很繁华。

他把照片发给方烟茹。

听到手机提示音,方烟茹把电瓶车停在路边。

她一看,果然是沐千山发来的信息。

虽然只有一张照片,但是她依然看得津津有味。

她说:"我们这边也降温,现在路上都没什么人。"

昨夜突如其来的大降温,这里的天空中先是下雨,然后飘了点点雪花,让这座小城一夜之间似乎又回到了寒冷的冬日。

雪花落到地上就不见了。

路面上没有积雪。

在熹微的晨光里,方烟茹眼风带过,无意中发现路边公园里的一株株梅花已经开了。

原来不知不觉中,春天已经到来。

皖南的早春,草木蔓生,繁花次第,风光无限,锦绣如山水画。

路边公园里,梅花在枝头静静地开着,伴着飞雪,散发着淡淡的香气。

方烟茹是看了天气预报的。

南江那边也会下春雪,应该比这边还要冷。

她的心里记挂着沐千山,忍不住会去想:不知道他在那边怎么样了。

于是，她停好电瓶车，走进了公园里，然后拍了一张梅花图。

照片里，枝头上，红梅带雪绽放。

方烟茹发语音，说："你看，我们这里梅花开了。"

沐千山正好在吃早饭。

他拍了一张今天吃饭的图，然后发过去，说："梅花真漂亮！我在吃饺子。"

难得两个人同时在线上碰得到。

方烟茹便站在梅花林里，继续问："是什么馅儿的？"

沐千山说："就普通的肉馅儿的饺子，味道还行。我这么吃就成。四川那边医院来规培的同事喜欢倒半瓶辣油一起吃，还送我了一瓶他们家乡的辣椒酱，我刚吃了一点，太辣了！我这些年吃清淡的吃多了，几乎没怎么吃辣。他的辣酱真的太辣了，吃不消，我刚才都辣出汗了。"

方烟茹说："我吃辣还好。"

她有些疑惑，问："你是后来到南江读书，才一直在南江的吧。你是哪里人？"

过了两分钟，沐千山才回："嗯，广州的。"

方烟茹问："你爸妈那边还好吧？"

然后，她就听见沐千山的语音里口气轻了一些。

沐千山说："广州还好。他们不会有——不会再有事的。"

他又接着说："我在南江久了，普通话说得不错吧。"

其实沐千山的口音里，已经带了一点南江话的尾巴。

方烟茹说："我还真没听出来你家乡的口音。"

沐千山说："嗯。然后，你上班多穿点衣服，注意保暖，今天天突然冷了。"

虽然知道方烟茹会自己照顾自己,可沐千山还是会牵肠挂肚。

他就希望方烟茹好好的。

方烟茹心里十分柔软。

她说:"你更是啊!"

沐千山说:"一样的,都保重。"

絮絮闲话,静静花开。

方茹下班回到家,方奶奶正在洗荠菜。

荠菜是自己家菜园里长出来的,水灵灵的,非常鲜嫩。

这是春天的野菜,在春风里钻出了地面,悄然舒展了开了叶子。

叶子带些锯齿状,嫩绿嫩绿的,一簇簇藏在了菜地里。

于是,方奶奶就挎着小竹篮,带上小剪刀、小板凳,在菜地里忙活。

忙了两个小时,菜地里的荠菜,就都到了方奶奶的小竹篮里。

荠菜很好吃,有很多种吃法。

方奶奶先把菜洗干净,用清水洗一遍,再泡一下,去掉上面的泥;然后再煮一锅水,把荠菜放进去用水焯一遍,然后按压挤出水。之后呢,她再把荠菜剁碎了。

肉馅是剁好的。

方奶奶又把一大块白豆腐捏碎了,和切碎的荠菜和肉馅拌在一起,加上盐和芝麻油,再放一点生抽,打个鸡蛋进去,多搅拌几次,就做好了荠菜馅儿。

白豆腐是方奶奶自己做的。

第七章 早春

家里有黄豆。于是,方奶奶又做了许多豆腐,还自己熬了豆浆。

饺子皮是方妈妈擀的。

她还擀了一些厚皮,准备做春卷吃。

方奶奶看到方烟茹回来了,笑着说:"你爷爷喜欢吃荠菜饺子,等下煮好,你叫他下楼来。"

然后,方奶奶从冰柜里翻出去年的一大袋板栗。

这是她去年秋天从附近的山上捡来的板栗。

方奶奶洗干净了板栗,剔除有虫眼的,然后在每个板栗上划了两个口子,再丢进高压锅里煮一会儿。

从高压锅里拿出来后,板栗已经开了花。

方奶奶再在大锅里加了糖,翻炒板栗。

不多时,一锅香喷喷的板栗就做好了。

方烟茹吃了好几颗,心里是甜的,是暖的。

她拍了照片,给沐千山发了过去。

然后,她留言:"奶奶做的糖炒栗子真好吃。"

只可惜,方烟茹只能隔着屏幕和沐千山说话。

而且沐千山往往不能很快回。

他是一个很负责的人。他既然接任了住院总医师,就一定会认真去对待的。

所以,他并不会有太多时间和她去说话。

他们现在的关系嘛,很微妙。

虽然距离很远,但两个人的心确是渐渐走近了。

方烟茹心底不由地升起一种隐秘的期待。

沐千山是真的蛮好的。

83

她很喜欢和他说话。

随便说点什么,她都是可以的。

可沐千山实在是太好了。

他是南江大医院的医生。医院里女医生、女护士、女职工很多。

而她在这里工作的话,他们两个没可能的!

估计,沐千山就是拿她当信任的好朋友,然后和她说说话吧。

还好她没有昏头昏脑地说出什么出格的话,不然呀,她怕和沐千山连好朋友都没得做。

现在这样挺好的。

不,不好。现在这样不好。

方烟茹心里其实有念头的。

和沐千山聊了那么久,是真觉得沐千山很好。

她想更靠近沐千山一点。

但方烟茹害怕,怕戳破了这层朦朦胧胧的细纱,没有她所期待的结果。

过了一会儿,沐千山说:"小茹,我给你寄了礼物呢!春天的礼物。"

"啊?你买了什么?"方烟茹心里很高兴。

沐千山留言:"惊喜啦!"

方烟茹发语音:"说嘛!说呀!到底是什么?我很好奇呀!"

她的声音很好听,又很温柔,听得沐千山耳朵都要酥了。

沐千山说:"说了就不是惊喜了!你就等着收礼物哈!"

方烟茹轻轻地说:"好。"

第七章 早春

  现在物流便捷。过了两天,方烟茹就收到了沐千山寄来的礼物。
  方烟茹拆开一看,是一个和她人一样大的玩偶猫。
  玩偶猫很可爱,白白胖胖的,穿着漂亮的碎花裙子。
  刘嘉看到后,说:"小方,你男朋友送的吧?"
  方烟茹马上说:"不是男朋友送的,是一个好朋友送的。"
  刘嘉笑了,说:"这个好朋友是男的吧?"
  方烟茹脸有点红,心虚地说:"嗯,人蛮好的。"
  刘嘉说:"人好啊——哈!怪不得李大姐要给你介绍对象,你不去呢!"
  这都什么跟什么呀!
  沐千山不算是她的男朋友吧!
  现在人家顶多就是她很好很好的朋友嘛!
  方烟茹的脸更红了。
  其实,沐千山也不仅仅是她很好很好的朋友吧!
  他们每天都在说话。
  她能感觉到对话里面字词中的温暖。
  和他说话,她真的觉得很开心呀!
  这是一种发自肺腑的欢喜,她整个人都神采奕奕的。
  她就是高兴,总是想笑,看什么都感觉十分美好。
  也不知道沐千山会不会也跟她一样,每天都是兴高采烈的。
  方烟茹笑着说:"我去给起诉书盖章。"
  每一份发出去的起诉书,都是要盖章的。
  出了办公室,方烟茹摸了摸自己的脸,怎么又那么烫啊!
  外面阳光蛮好的。

天很蓝,云很白,风很轻。

梅花都开了,荠菜也从地里冒出来了,春天又来了。

平静的日子会一天比一天暖,阳光会一天比一天好。

第八章 误会

春天不可抑制地来了。

大地成了五彩缤纷的调色盘。群山青翠,田野成碧,桃花、梨花、油菜花热烈绽放,洋溢着勃勃生机。

这是徽州最美好的季节。

下了班,方烟茹没有立即回家。

她慢悠悠地走到了渔梁坝边。

春更浓,天黑得晚了许多。

远山青青,隐约在朦胧的暮霭中。

河对岸的油菜花开了。

夕阳下,一大片黄灿灿的油菜花在风里轻轻摇曳,像起伏的波浪。

而近处,江水潺潺。水面上,飞鸟成群结队地掠过,扑闪如一点点黑影。

方烟茹便拍了一张照片,发给了沐千山。

她已经很习惯每次遇到美景,就顺手拍照发给沐千山。

方烟茹站了一会儿,沿着台阶慢慢地走回岸上。

晚上了，游人很少，大部分店铺都关着门，古老的街道越发静谧。

路灯已经亮了起来。

方烟茹掏出手机一看，沐千山已经回复了。

"真漂亮！"

方烟茹说："对呀，油菜花开了。"

沐千山想起来自己曾经说过，等到油菜花开的时候，要去方烟茹那里再看看，便说："有空真想和你一起去看看油菜花。"

方烟茹说："年年都有呀，你今年忙，那就明年去看好了。"

沐千山有些遗憾，说："太忙了，都没有两天的假。"

医院的日子忙起来昏天黑地的。

而且临床总会遇到太多未知的挑战。

那是医生和病人一起与疾病的博弈。

沐千山一直很谨慎，像走钢丝一样，小心翼翼地用药，谨慎地在手术台上操作。

他尽可能去考虑病人的预后，拼尽全力，希望他们尽快能从疾病中彻底脱身出来，健健康康的，拥有平静的幸福生活。

他做了他觉得应该做的事情。

山河岁月，轮到他去守护。

方烟茹说："有空多休息啊！"

每天看沐千山都挺忙的，总是说不上几句话就消失。

方烟茹看着路灯，发了一会儿呆，然后叹了一口气。

沐千山很好，但是他在南江。如果她不尽快去南江那边工作，他们大概是不会有结果的。

可是，真要她现在过去，又有些困难。

第八章 误会

她不是应届生,本科学历,虽然过了司考,可分数不够高,再加上不是招聘的旺季,虽然她在网上向南江几家公司、律所投了简历,但都没有收到回应。

方烟茹有些焦虑。

工作找得不顺利,而且现在过去,她还能和沐千山继续发展下去吗?

毕竟到目前为止,沐千山并没有说,她是他的女朋友。

连一个口头的承诺都没有,她这样过去了,万一没有结果,她又该怎么办呢?

风一吹,她的脑子稍微冷静了下来。

过日子,总得现实。

有些事,如果是虚无缥缈的,那就避开吧。

她举起手机,拍了一张头顶的月亮。

好像现在又是满月了呢!

明月当空,淡光清朗。

她打开了和沐千山对话框界面,犹豫了一会儿,最终还是没有去点发送。

夜色如水,这样的夜晚很适合去思念,很适合去静静地想自己的心事。

方烟茹在街上再站了一会儿,就默默地往家的方向走。

沐千山忙得不可开交,自然也就没有留意到方烟茹给他发信息的次数在大幅度减少,发的话也越来越简短。

一开始的时候,他会记得多回复方烟茹几个字,但后来接连遇到事儿,太忙了,他也就顾不上回太多的话了。

看着跟沐千山的对话框里,他说的越来越少,方烟茹心里犯嘀咕。

这大概就是她的一厢情愿吧!

人家沐千山就只当她是一个朋友,因为来这里玩,所以和她稍微交流多了一些!

她就不应该有多余的想法。

这样想着,方烟茹就没有再网投简历了。现在的工作,她挺满意的,家人可以闲坐,灯火很温柔。

只要家里不逼她相亲,方烟茹就觉得这日子就很不错。

可这一点,几乎是不可能的。

小地方啊,大部分人都是早早结婚的。

今年,她不愿意相亲是可以的,但是明年呢?后年呢?

方烟茹不是不想结婚,而是在这里,她暂时没有遇到想要结婚的人。

她想要那种水到渠成、细水长流的爱情。

也许说起来,没有那么多跌宕起伏的事,但有着属于彼此的小小幸福。

这样就可以了。

终究在这个尘世平凡的生活,方烟茹想要平淡的欢乐,就像山间的一泓清溪,就像松间的一丝轻风,就像蓝天的一片薄云。安静在这一隅,遇一人,得一心,平安过一生。

日子跟翻书一样,过得很快。

方烟茹上班下班,手头上一切工作都在有条不紊地开展。

她处理的每个事情其实都是不大的,但是加在一起花的时间就

第八章 误会

比较多了。

比如卷宗要一本本去装订,一页页去标号。

比如文书要一篇篇去写,一个字一个字去校对。

比如法定情节、酌定情节,每一个情节都要理得清清楚楚。

做的事不复杂,但是不能出错。

尤其是重要法律文书,每个字都必须认真对待。

在检察环节,网上对外公开的是起诉书。

可一个案子在流转过程中,还有大量的其他法律文书需要制作!

她是基层检察机关刑事一部的一个再普通不过的检察官助理,面对的是普通案子。

普通的案子里几乎没有扣人心弦的情节,多的是鸡零狗碎。

有的案子小到几句话就能把案情说得很清楚。

但是她每一个步骤都必须严格按照法律规定去办理。

法律的公正不仅仅体现在实体公正,程序上也必须一丝不苟地执行到位。

"公平正义"不是一句口号,应当落在办案之中的每一个细微的地方。

不能有瑕疵。

办案中任何一个细枝末节地方的瑕疵,日后被拎出来,都可能会导致整个逻辑推理被推翻。

生命至上!

刑事案件涉及公民的人身自由乃至生命,是关系重大的。

办理刑事案件,必须要排除一切合理怀疑。

所以,即便工作有些枯燥,但方烟茹还是坚持认真对待。

在一个普通得不能再普通的基层检察院里，日常工作确实和电视剧里演得不大一样。

在忙碌工作之余，方烟茹有时会想起南江。

她在南江律所遇到的案子，在大医院遇到的医生与患者的事，每一个单独拿出来，都可以写一篇小说。

而且这种小说绝对是剧情向的，里面有很多个转折，让人想都不敢想。

生活比小说更离奇。

在那里，真的是百态众生。

但回到小城后，方烟茹就再也遇不到什么特别到让她记得住的案子了。

一年多，她手上过的案子也不少。

但真让她去回想，还真说不出来有什么特别的案子。

一切都是普普通通的。

就像她所在的地方就是普普通通的平静小城，不是繁华大都市。

想到南江，她就想起了沐千山。

现在，她和沐千山的联系更少了，每天只说一两句话。

方烟茹看着沐千山一天下来只发一个字"安"，觉得索然无味。

随着时间的推移，方烟茹觉得她和沐千山大概就这样了吧。

自己还要再回南江去吗？

在外头，只要肯干，找个工作糊口不难。

而且大地方的机会肯定更多。

人生会精彩许多。

只是，她估计得暂时一个人在那边了。

第八章 误会

年岁渐长,方烟茹对家这个字有了更多的体悟。

家人在身边,都平平安安的,确实就已经很好了。

爷爷奶奶老了,爸爸妈妈的年纪也一年比一年大,弟弟高考完就出去读书。

她如果只顾着自己,一走了之,她家里人如果遇到事该怎么办呢?

看着这些天忙里忙外的妈妈,看着忙了一辈子的爷爷奶奶,看着还懵懵懂懂的弟弟,又想起在外打工不回来的爸爸,方烟茹觉得她应该要承担起更多的家庭责任了。

是的,人生在世,都有责任。

不管喜不喜欢,既然该是自己的事儿,那她就得负责。

3月底,小城梅花谢了,桃花开了,油菜花映衬马头墙。

山是青翠欲滴的,水是灵动清澈的。

每一处景,随手一拍,就是一张手机壁纸。

但方烟茹已经不和沐千山分享生活里的一点一滴了。

没有得到对方回应,她失去了继续说下去的热情。

都石沉大海了,还有什么可说的呢?

大概很多事情,都是然后就没有然后吧!就像是沿着小道走进了一座山,然后发现路消失在密林中;就像是沿着河流往上走,走过了无数的岔道,最终就走到了头;就像是一朵阳春三月的花开了一半,一夜风雨,然后花落了,只留下碧绿的叶子。

很遗憾,没有结果。

但是她只能接受现实。

方烟茹很庆幸,还好她自己没有昏头昏脑做出什么出格的事情,和沐千山彼此之间,都是有余地的。

朋友嘛,范围可就广了,点头之交算朋友,几面之缘是朋友,时常联系也还是朋友。

现在,方烟茹和沐千山也就是时常网络联系的朋友。

这样程度的朋友,在她的朋友列表里有很多人。

朋友之间可以一起聊近况,分享心情,但不会天天记得去留言。

方烟茹知道自己不对劲,因为自己总有去和沐千山说话的冲动。

可这样的行为是不好的,她不能去打扰一个不想和她说话的人。

还好绝大部分时候,方烟茹的脑子很清醒,不会去把想法付诸实践。

但她还是会时不时点开沐千山的头像,然后莫名伤感。

好在她这样的伤感是暂时的,在杨柳风里吹一吹就淡了许多,毕竟暮春了,春光是那样的灿烂。

而且,她想做、可以做的事情有那么多,确实也没必要一个人在那里黯然神伤。

就这么定下来了,她也不去想太多,有空就多看看专业书。

她这次去网投南江公司简历就发现了,好一点的地方都是要硕士研究生的。周围有同事已经去考了法学在职研究生。她不如抽空多学一点,提高一下自己的学历。无论是去南江,还是留在家乡,对她个人的未来肯定都是好的。

现在在线平台的网络教育挺多的,找各种学习资料也很方便。

打定了主意,方烟茹索性就上网买了课程跟班学,有空都在听

第八章 误会

课件、看书,再加上手头上的工作,她的生活更加充实了,空暇的时间大幅度减少。

很多时候的伤感都是人闲出来的。她事情一多,就把沐千山忘得差不多了。

只是在夜里,方烟茹偶尔会放下书,抬起头,透过窗子,看着外头的大而亮的月亮,然后轻轻地叹口气。

她觉得生活很平很淡,心里有一块是空的,少了一分发自内心的甜蜜喜悦。

沐千山是真忙,然后不知不觉就忽略了方烟茹。

这些日子医院事情太多,遇到的病人病情太复杂,他成日里悬着心,睡觉都睁着一只眼睛,心里很不踏实。

本来他就忙,现在事情更是千头万绪的,很多要他去处理,就更忙了。

他的电话是热线,微信里也是一大堆工作信息,遇到疑难杂症得去翻书、查病例,经常去抢救,处置会诊事宜,还会被病人和病人家属拉着询问病情。

沐千山觉得自己就是块砖头,哪里有需要就在哪里。

每天醒来,就是一大堆工作扑面而来。

沐千山最近睡眠严重不足,曾经有次忙得两天两夜都没有睡觉,一口热饭都吃不上。

他一有空,就秒睡,实在是没力气再去看微信了。

饶是这样的忙碌,只要有几分钟的空暇,他都会尽力去点开方烟茹的对话界面,说一两个字。

看到有方烟茹发来的新未读信息,沐千山就算没有点开去看,心里都会踏实许多。

就是那种他可以确定方烟茹还在的感觉。

即便再忙,一想到屏幕那头是方烟茹,他紧紧握着手机,心里是前所未有的宁静。

方烟茹是他心头上的牵挂。

虽然他没有时间多说什么话,但是心里还是惦记着。

知道方烟茹一切都好,他内心里有一块地方十分柔软,让他释然。

她就是他心底的一盏灯。

他有多久没有见到方烟茹了?

具体的日子,他不大记得了。

总有快 2 个月了。

他很想自己有一双翅膀,能立刻飞到方烟茹身边,一起在春江畔,看美好的景色。

一定要去看看方烟茹。

他想去见她。

但职责所在,沐千山不能离开。

但他心里就是想她。

希望能早点再见到方烟茹。

这一天,他盼望了很久,应该不会太久了吧。

多好啊!

灯火阑珊处,他笃定,方烟茹正等他一起去看月夜春花。

第九章　赌气

4月底的时候，天就有些热了。

方烟茹已经换上了薄衣服。

她给沐千山发了信息："你最近要来这里玩吗？"

发完信息后，方烟茹就去忙自己的事情了。

她并没有指望沐千山能立即回复。

方烟茹已经很习惯生活中没有他这个人。毕竟，他们的生活圈子并不一样。即便少了沐千山，对她的生活完全不构成影响。

她把沐千山送的镯子放进了抽屉的盒子里，和她之前买的很多镯子混杂在一起，没有再去戴了。

之前就是她多心了，以后她不会再胡思乱想。

没有啥好胡思乱想的，方烟茹觉得，她的日子就得踏踏实实地去过。

人不可能一直生活在虚无缥缈的梦中，她总归是要沿着自己的生活轨迹往前走。

不管她愿不愿意，过去的岁月已经被时光尘封，再美好的片段也不可能温暖今天的心。

日子得往前看，努力奔跑吧，前面的风景会更好！

在此之前，方烟茹得把一些尾巴处理好。

她继续发信息："上次你转给我的那些钱，我都帮你存着，什么时候可以还给你啊？你把银行卡号给我。"

虽然，沐千山之前说要在这里买房子，就放在她这。但时间过去那么久了，他都没个动静，她看着银行卡上的数字，心里不安，觉得还是早点料理好这件事比较稳妥。

本来事情也没那么麻烦。主要是方烟茹不知道沐千山的银行账号。她是收款方，网银的转账记录里，沐千山银行号那一串数字是不全的。银行能查到，但银行不会给她查，他们得保护用户的隐私信息。

虽然方烟茹是可以通过别的渠道把钱转过去，但涉及金钱，她最好得联系上沐千山本人。

钱的事，方烟茹肯定是要和沐千山说清楚的。

现在的关键是沐千山不怎么搭理她。

倒不是说他信息不回。大体上，她发的信息，沐千山总会回复一两个字。但是这种回复，方烟茹觉得这就是礼貌性的，让她根本就没有交谈下去的念头。

成年人嘛，没有热情回应，那就是客套拒绝。

方烟茹都明白的。

所以，她就想尽快归还沐千山的钱，彻底放下这件事，不然总有件事儿让她得记着，实在是不大好。

不过，白天的时候，沐千山都没回她。

这些日子下来，方烟茹总结出沐千山回复的规律，要么是早上 7 点多，要么是中午 1 点左右，要么是晚上 10 点以后。其余时间，

第九章 赌气

他基本上处于失联状态。

果然,到了晚上 10 点半,沐千山终于回了信息,难得回了一句话。

"钱先放你这儿。我有空过来,早点休息!"

方烟茹打字回复说:"我早点还你,你把卡号和开户行发给我。你要再怎么客气,我都不知道怎么办了!朋友之间,不需要这么客气的。"

朋友之间?

沐千山看到这几个字眼的时候都愣了一下。

为什么方烟茹要说和他就仅仅是"朋友之间"?

方烟茹不是已经收了他的求爱手镯,答应做他的女朋友了吗?

他发了一个信息:"你不是答应了吗?"

他问的是这个意思,但方烟茹却误会成了另外一个意思。

如果他们面对面交流当然是没有问题,但现在他们是隔着屏幕。

很多话没有说话语气、肢体语言和面部表情的支撑,只有一行窄窄的字发过去,对方感受不到里面的温度,甚至可能理解错误。

现在他们两个人就互相理解错误了。沐千山跟方烟茹说的是,她是已经答应他做女朋友的事。而方烟茹却以为他说的是保管钱的事。

然后他们就稀里糊涂往下说了。

之前方烟茹是答应了,但现在她不想保管了。

从心底来说,她之前是有一些多余的想法的,到今天,她的想法真的是一点都没有了。

知道沐千山很忙,所以方烟茹就没有问。但总不能一直拖下

99

去，她总要起个头说。也许就是沐千山很绅士，不太好意思提呢？

她说："答应了。不过，我想把钱还给你。保管在我这不太好吧。"

现在手机功能这么强大，存钱这种事都可以通过网上银行完成的，根本不需要她来处理。

方烟茹看到沐千山让她保管这件本不需要她做的事情，她就真的是误会了。

谁会把那么多钱交给一个毫不相关的人去保管呢？

方烟茹即便告诉自己不要多想，但实际上一直心存幻想。

说来也好玩，明明就是没这回事，她居然在那个时候当了真。

但现在她的幻想彻底破灭了。她就不想继续了。

沐千山说："不用啊，过些日子我就过来。"

住院总医师忙成球，他这些日子就都在医院里。好不容易趁着五一节假期，他凑个两天的假期出来，方便去看方烟茹。

只是他觉得方烟茹的语气有些奇怪，好像和他疏远了许多。

这些天他坚持跟方烟茹每天都交流，应该和她关系维持得还行呀。

他不明白是怎么回事，总感觉他们的交流在哪个环节出了岔子。

方烟茹不好一直替沐千山保管钱。

她现在已经收拾好了心情，心平气和了许多。

方烟茹说："我这两天去银行转给你吧。"

这件事，总不能无限期地拖下去吧。

她都有点失去耐心了。

每天就是偶尔和沐千山说几个字，她感到就像是上下班打卡一

第九章 赌气

样,也没有什么多余的意思了。

所谓交流,应当是有来有往,你一言我一语的,有情绪的分享,有日常的点滴。

他们现在这种频率的联系就像是一串葡萄晒成了干儿,没了当初的水灵。

方烟茹想要的不是这样的。

她不反对异地恋,只要两个人感情够好,距离不是问题。但前提是两个人的感情得够好啊!

现在她觉得,她跟沐千山真不能算有感情。

至少她根本感受不到他的热情。

他们就真的只是普通朋友吧。人家沐千山本身又是大忙人,对她连敷衍都不愿意,字里行间都透着不想再联系的意思,就只差明说了。

开头的时候,方烟茹是带着羞涩的喜悦,一直在等着沐千山的信息的。

可抱着手机,对着屏幕,她等来等去,醒了又睡,睡了又醒,一天又一天,一夜又一夜,连他零星的回应都没有等到。

起先她还一次次安慰自己,不断地告诉自己,沐千山只是太忙了,等他稍微有空下来一定会去回信息的。

但随着时间的推移,她这种肯定也在慢慢地分解。

这样的失望是累加的,每一天增加一点,一点一点地把期盼掏空了。

好在,她报了班,备考在职法学硕士研究生,在工作里又表现得很积极,用各种事情把空闲时间填满,也就不觉得日子过得太慢了。

这不，几个月都过去了，都快到四月底了。

时间在一点点推移，沐千山在她心中一点点模糊。她甚至都快想不起来沐千山长什么样子了。好像他变成了一个符号，只存在于屏幕里。她关了手机，就完全没有他的消息。

方烟茹觉得现在的他们就是两条完全平行的线，在各自的轨道上生活，毫不相干。

这样也可以的。

反正本来他们之间就没有承诺，也没有多少专属于他们的共同记忆，现在没有多少联系也是很寻常的。

这个世界上让自己开心的事情那么多，值得去做的事情就更多了。方烟茹干吗要没事看手机，去等沐千山的消息？

没必要自寻烦恼。

所以当希望彻底没了后，方烟茹就客客气气地找沐千山，想把钱还给他。

普通朋友之间，还是要见外些，不要有金钱上的太多纠缠比较好。

沐千山说："真不用啊，我明天就去看你。"

终于熬到他能喘口气的时候了，沐千山恨不得现在就开车过来。不过，疲劳驾驶不安全，所以他买了高铁票来。

他下班很晚，夜里没有票，于是在说话间，沐千山迅速开了手机软件，买了第二天早上最早的一班高铁过来。

饶是最早的列车，他到方烟茹那里也要中午了。

一想到要那么晚才能见到她，沐千山心里就着急。

可再着急也没有用。两地的距离摆在那儿，他就是想快也快不了。

第九章 赌气

要是有一天,他能像网速一样不到一秒就能到达方烟茹身边该多好啊!

再多的语言也描述不了他此刻急迫的心情。他就是想快一点再快一点,能赶紧见到她。

这是一种强烈的感觉。

压抑了许久,沐千山此刻激动的情绪难以自抑。

好在明天方烟茹要上班,他把驾照带上,到了后再去开共享汽车,到方烟茹单位的时间正正好赶上她下班。

他要站在她的窗台下,等他心上的姑娘。

沐千山仿佛心中有无数的桃花在盛开。

虽然已经过了春天,但更热烈的夏天即将到来。

他的语音信息里透着欢喜,高兴地说:"我们之前不是说好了吗?等我有空就再过来玩。不知道现在还有没有花了,我们要一起去看新安山水画廊。"

方烟茹心里是说不出来的失望。

原来又是因为沐千山要来这里玩,才又找上她的。

她就知道是这么回事。到了旅游旺季突然对她热情的外地朋友,绝大部分都是因为决定要到这里来玩才联系她的。

这类的朋友,多他一个不多,少他一个不少。

方烟茹想着那就等沐千山到了再把钱转给他吧,当面处理就更妥当了。

方烟茹客客气气地说:"那欢迎来你来玩啊!现在花都谢了,但风景还很好的。"

不知道为什么方烟茹也提不起来太多的热情了,她甚至都不太想去陪他逛。

103

沐千山一提，她就立即答应，似乎显得一天到晚她除了等着他以外，没有什么别的事可以做一样，仿佛她是招之即来挥之即去的。

方烟茹有种赌气的感觉。

其实她也有她的人生，她有她许多想做的事情要做。

无论她最后怎么选择，是一直留在老家工作，还是立即再去南江，或者是过几年去南江，她都想做出这样的选择是为着她自己。

隔着屏幕，看不到方烟茹脸上的表情，也听不到她说话的口气，沐千山还以为她也很期盼自己过去。

他高兴地打字说："好，那回头见。"

说是回头见，其实是明天见。

沐千山想给方烟茹一个惊喜。

明天要穿什么衣服呢？

一想到明天就真的能见到方烟茹了，沐千山的情绪很高涨。

他打开手机的前置摄像头，看了看自己，觉得这些日子天天熬夜加班，人都憔悴了许多，没有几个月前看着精神。

这个样子可不好，他得收拾一下，用衣服的色彩弥补一下。

沐千山赶紧拉开衣柜，翻了又翻，没找到让自己满意的衣服。

平时也太忙了，他又都是白衣制服套着，根本就没买几件外套。现在是要衣服穿时，他觉得不够了。

临时去买肯定来不及，翻了一会儿，他找出来浅黄色的外套，里面配一件白色的短袖衬衫。

这次他就先这样了。

对了，去见方烟茹，他应该要给她准备礼物吧？现在商场都打样了，买也买不到。

还有，如果他要登门拜访，给方烟茹的家人也要准备一些礼物吧！

实在是时间太紧，他很多细节都没来得及考虑。

他就这样直接跑过去，一点礼物都不送给她，会不会不太好？

可是，他实在是想早点见到方烟茹啊！

不管太多了，沐千山决定先见到她再说。

方烟茹看到他发过来"回头见"这三个字，心里很不是滋味。

果然，没什么好联系的。

她主动去找沐千山说话，对方依然在客套地敷衍。

回头见那是哪一天见？这就好比是一个人跟另外一个人说"下次一定请你吃饭"一样，一个套路，只是社交上礼貌性地结语。

她应该要识趣的。

是啊，人家是大医院的医生，每天要和那么多人打交道，和她不过是日益疏远的前同事而已，顶多比陌生人稍微熟悉一丁点儿，能够花点时间去和她客气几句不错了。

这样一想，方烟茹觉得更没劲了。

她回复了他一个微笑的表情包，然后就把手机丢开手了。

第十章　初夏

中午的时候，方烟茹突然接到了沐千山的电话。

看到来电显示上跳动着的名字，她都愣了几秒。

沐千山怎么突然给她打电话了？

他有很久都没有主动给她打电话了，久到方烟茹都在日常的忙碌里把他忘得差不多了。

说是忘得差不多，那是因为，她在心底的某个角落里，依然有他的痕迹。

而这点痕迹，随着这个电话，突然一下子成了飓风，夹裹着无数的情绪，席卷了方烟茹的心湖，就像是小小的火苗突然一下成了大的火焰。

握着电话，方烟茹知道自己是舍不得不理沐千山的。

她想，也许是她之前误会了他，其实他真的只是太忙了。

很快她又否认了自己的想法，当医生确实很忙，但他再忙也不至于忙成那个样子吧。

不过，那边的大医院的住院总医师忙起来，确实是没日没夜的。

第十章 初夏

方烟茹犹豫了一下,接了电话,说:"沐医生?有什么事吗?"

"小茹!"沐千山停顿了一下,说:"你怎么又喊我沐医生了,不是说好了要喊我的名字吗?"

方烟茹心里不痛快,觉得他们现在不算熟了,还是喊他一声"沐医生"比较好。

她觉得,沐千山跟她客套,那么她也客套嘛!

方烟茹说:"怎么突然给我打电话,是要过来玩了吗?"

接到电话时她确实感到很意外,觉得都不像是沐千山会做出来的事儿。

说来也奇怪,虽然她对于沐千山和她联系比较少而感到很不舒服,但是这会儿沐千山主动给她打电话,她心底那些不舒服竟然淡了很多。

一再告诉自己不要再去联系了,但一旦沐千山来找她,她还是很快就接了电话。

沐千山说:"是啊,要过来玩了!"

方烟茹抿了抿嘴。

她就知道是这么回事。沐千山又是来这旅游的。

原来,不是专门来找她的。

方烟茹不太想陪玩了,就说:"好啊!欢迎啊!你来这里几天呀?不过我今天要上班,明天才能放假。"

沐千山说:"我就两天假,明天下午5点多的动车回去。没关系啊,你忙你的呀,我自己一个人可以先逛逛的。然后,你能不能现在走到窗子边往下看!"

方烟茹走到窗子边往下看。

她瞪大了眼睛,惊讶地发现沐千山就站在楼下,朝着她窗子的

107

方向挥着手。

方烟茹说:"你怎么过来了呀?"

沐千山说:"我开共享汽车过来的,刚到一会儿,还没有吃饭。小茹,你陪我一起去吃点东西吧。"

在电话里,方烟茹清晰地听见了沐千山清爽而又热情的笑声。

她迟疑了。

算了,她肯定得去尽到地主之谊。

方烟茹觉得自己是在给自己的行为找借口。

内心深处,她还是不想拒绝沐千山。

她说:"最近你很忙吧?"

沐千山说:"对呀,好不容易才有空。这不,一有空我就过来了。我们之前不是说好了一起去游船嘛?"

他终于有两天完整的空闲时间,可以好好陪陪方烟茹,可以好好跟她说话,一起好好逛一逛。

这一刻,沐千山觉得非常轻松,非常喜悦。

方烟茹下了楼。

就看见沐千山欢欢喜喜地迎上来,笑着说:"小茹!"

看着他笑得阳光灿烂,就跟日光灿烂的夏日一样,方烟茹突然觉得之前大概是真的误会了。或者说她更愿意相信那是一个误会。

面对沐千山,她会心软,舍不得去生气,更不愿意去计较。

看到沐千山,她就很高兴了。

方烟茹也跟着笑起来,说:"好久不见啊!"

隔了些日子不见,她发现沐千山又瘦了一些,好在人还是很精神。

沐千山说:"是啊,好久不见!"

第十章 初夏

他们真的是好久不见了。

今年上半年他忙得那个架势,哪怕方烟茹在南江工作,他们也很难有时间相处。

沐千山觉得很歉疚。

别的女孩子可以有男朋友陪着,而他却连打视频电话和方烟茹长谈细谈的工夫都没有。

恋爱是需要谈的,需要花时间和精力去维系感情,而他却几乎把所有的时间都留给了医院和病人。

那是他应该要做的事情,但是他也希望在忙碌的工作之余,有些时间和方烟茹一起待着,哪怕就是一块儿安安静静地坐着说说话也是好的。

不过他这个想法最近应该比较难以实现,沐千山估计自己还要再忙上一阵子。等人来接手了,他就会好些。他要还是住院总医师,能一个月来上一趟就不错了。

他说:"走吧,我们先去吃饭。还是我们上次去过的那一家吗?"

方烟茹说:"好。"

沐千山笑了,说:"下午你安心上班,我就在附近转转,一边转一边等你下班。"

平时都是方烟茹等着他吧,现在他也该等等方烟茹了。

他无奈地说:"这阵子我太忙了。好在我们科里已经定下来谁接住院总医师了。我下个月带着他做一做,之后会稍微有空点。不过,我估计再有假期也得等到六月了。"

听了他的解释,方烟茹心里舒服多了。

她说:"那你注意休息啊!"

吃饭的时候,沐千山详细地说了他在医院忙得不可开交的样子。

言谈之间,他掩去了很多惊心动魄的瞬间。

但就是这只言片语,就让方烟茹感觉到他的不容易。

原来,他是真的忙。

所以,沐千山不是不想理她,而是因为忙到根本没有时间理她。

方烟茹隐秘的心思又泛起涟漪。

她也说了自己的近况。

方烟茹说:"现在在职研究生是双证的,我争取考上吧。我想多学一些业务。今年的优秀公诉人大赛是直播的,我看了一下比赛,我跟那些选手之间还是有很大的差距。"

她想多学一点知识。无论在哪,学习总是好的。

而且方烟茹确实想当个优秀的公诉人。

沐千山问:"那你暂时不去南江工作了吗?"

方烟茹点点头,说:"这几年还是先在这边吧。"

公司对于历届生的要求比对应届生多的。方烟茹在南江可以找得到工作,但肯定不如之前的好。

沐千山说:"那就在这儿呀。毕竟是你家嘛!"

他笑了笑,说:"现在高铁方便的,想去南江转转,啥时候都可以。"

是啊,回家这两个字的分量就够足。

月是故乡明。

故乡本身就能让人魂牵梦萦。

不过,南江,她也未必完全放得下。

第十章 初夏

那个地方也有她的人生轨迹,也很美好。

方烟茹说:"应该是这样了。好在近嘛!想去的话,放假的时候,我就可以去了。"

停顿了一下,她又说:"趁你在,我把你的钱还给你吧。在这儿买房子的事,你再考虑考虑。"

沐千山笑着说:"这个事儿等我下次来啊。这次时间太短了。"他摸了摸头,说:"我们吃完饭这儿附近走走,正好看看买哪个楼盘。"

他还真打算在这儿买房子啊。

方烟茹说:"好。"

沐千山扶了扶眼镜,笑着说:"我在医院的时候,就想着有这么一天了。"

他的笑容里有几分羞涩。

都说爱情一波三折。不过,其他人在感情上遇到的波折,沐千山觉得自己都没有遇到。

他在合适结婚的年纪,顺利地遇到了方烟茹,然后就这样顺利地相处,现在可以和她有条不紊看房子,开开心心地安家。

沐千山整个人都容光焕发的。

他笑着说:"要不是得上班,我都想多在这里待着了。这里很好啊!景色美,人也好!"

沐千山在方烟茹临时帮他找的一家民宿住下。

这家民宿临江,四楼房间的旁边有露天的茶吧,可以坐在那里喝茶、看风景、闲聊。

民宿的老板是个小伙子,会点音乐,抱着吉他坐在中间弹着舒

111

缓的曲子。

方烟茹捧着茶碗,笑着说:"下次来要早点说呀!这边民宿一到节假日都很紧俏,都要提前去订的。"

附近的民宿里就剩下这家四楼有房间了。

虽然这间房视野好,但在顶楼西晒,还在茶吧旁边,人来人往的,所以才空了下来。不然,方烟茹还得往远一点的地方找找,而且不一定能立即找得到。

毕竟,最近这几个月是徽州旅游旺季,游客特别多。

既然沐千山是来旅游的,那么她作为朋友,就稍微招呼一下吧。

夜风拂面,方烟茹轻轻撩了一下耳边的长发。

到底她还是舍不得不去理他吧!

明明知道希望不大,但她总是不愿意去放开手。

虽然,方烟茹一再告诉自己别多想。

可当沐千山坐在她面前的时候,对着她笑,跟她温柔地说着话,她却忍不住多想:沐千山会不会喜欢自己呢?哪怕对自己是有一丁点的喜欢。

她想从沐千山的一言一行里发现他喜欢自己的发现蛛丝马迹。

可看了又看,方烟茹始终不敢确定。

毕竟从头到尾,沐千山口口声声说的,就只是来这里旅游而已。

没有证据能够去证明,他也没给明确的答案,那方烟茹就不能这样推定。

沐千山解释说:"我是临时决定过来的。礼物都没来得及给你买,下次一并补上吧。"

第十章 初夏

他想过了，等到下回来，就把房子的事定下来。

方烟茹喝了一口茶，笑着说："今天的茶味道有些淡呢。"

她的笑容有些模糊不清。

下次是什么时候啊？

她实在不明白沐千山到底是怎么想的。猜来猜去，确实猜不透。

方烟茹心里有点烦躁。她把目光移向外面。

月清星稀，江静灯明。

看了一小会儿，方烟茹的心渐渐平静。

先不管太多了，她顺着感觉走，反正她还年轻，万一猜错了沐千山的心思，她还可以重头来过。

总是要试试看，才知道到底会怎么样啊！

试一试，也许能成；但要是不去试试，就连这个可能性都没有吧！

总不能因为担忧没有结果，就瞻前顾后，患得患失，直接放弃吧！

毕竟，沐千山是这样的好啊！

虽然一直不愿意承认，可方烟茹自己知道，她看到沐千山总是会高兴。

沐千山顺着她的目光看，笑着说："每次看到静静地江水在流淌，我都想起来很多诗词。"

这样宁静的夜晚适合谈谈诗词、讲讲经历、说说故事。

他说："我文科更好。高中的时候犹豫过要不要读文科。老师也让我考虑一下。我数学很好，读文科可以冲刺更高的名次。不过，我更想学医，最后就决定学理了。然后有空就背背诗词。"

如果不是为了要学医,沐千山会选择文科,继而选择去钻研古典诗词。

现在他对古典诗词就是纯粹的爱好了。

他就是在像今晚这样的江月夜,偶尔想起。

沐千山笑笑,说:"这话说说也好多年了,你呢?"

方烟茹笑着说:"我当时没有什么好犹豫的。毕竟我的文科比理科好太多,所以我干脆就学文科了。"

之前文理科选择,她并不纠结。

因为选择的结果好坏一目了然。

但最近的两次选择,她就很纠结了。

因为她不知道选择的结果究竟会是什么样子的。

毕竟,选择之后,就没有机会走另外一条路了。

人生不可能重来。

结局好或者坏,要很久以后才能明白。

第二天是个阳光很暖的好天气。

一大早,沐千山开着共享汽车,带着方烟茹来到了新安江山水画廊。

沿街的一家小吃店里,两人对坐,要了两碗稀饭和两份锅贴饺。稀饭寻常,配着下稀饭的小菜也寻常,但那锅贴饺色香味着实不错。锅贴饺是手擀皮做的,底部皮略焦,外皮金灿灿的,上头还撒了白芝麻。

方烟茹尝了一口,里头肉馅也好吃,便沾了醋和辣油,高高兴兴地吃起来。

她说:"这家味道最好。我每次来这都要吃一份。"

第十章 初夏

沐千山不沾辣吃,说:"好吃。"

其实,读大学的时候,沐千山和舍友们也来徽州这边玩,但转了两天,也就是去景点看了两眼,可没发现当地有这么多好吃的。

方烟茹笑着说:"等下中午我们坐游船去中间那家饭店吃饭。他家几个菜做得可好吃了。那家饭店的老板儿子比我大 2 岁,我和他比较熟。"

她没好意思说,那是她之前的相亲对象。

这些日子来,家里还是会催着她去见相亲对象,趁着年纪不大,赶紧交男朋友结婚。

好在同事们知道她有个送玩偶猫的所谓男性好朋友,就很自觉地不来介绍了!

不然,她到处被人催着相亲,心里会更烦闷。

其实,方烟茹不是不想结婚。

她发现自己之前那么不乐意,无非是没有遇到那个想让她结婚的人罢了。

当沐千山坐在她对面的时候,她就很想和他多说说话,能多看看他。

只是,她真不知道沐千山心里是怎么想。

方烟茹体会到了甜蜜的烦恼。

在游船上,沐千山扶着栏杆,看着一江澄澈、两岸青山,笑着说:"真美!"

他拿起手机拍了几张风景照,然后说:"小茹,我给你照几张吧!"

沐千山想晒图,尤其是想晒和方烟茹的合影。

方烟茹愣了两秒,笑着说:"我很少拍照啊!"

沐千山说:"来来来,拍一张!等下我要晒图的!"

方烟茹一听,脸有点红。

沐千山这是什么意思呢?他都想在朋友圈晒她的照片了!

方烟茹悄悄去看沐千山的脸,见他神色依然是很坦荡,好像这是一件再自然不过的事情。

她心里有些失望。

普通朋友之间,也是可以互相拍照的。而沐千山想拍的是她的单人照,没有拍两个人靠在一起的合影,也就是没有超越朋友的边界。

排除不了合理的可能性,方烟茹就无法得出唯一的结论。

可是要说沐千山对她一点意思都没有,似乎也不太对。

方烟茹朦朦胧胧地感觉到沐千山对她有好感。

她说:"好啊。"

沐千山很快就找好了角度,拍出了一组照片。

蓝天白云,绿水青山。游船上,方烟茹靠着栏杆站着,笑容灿烂,很是漂亮。

沐千山也跟着笑。

在他看来,他早就是方烟茹的男朋友了。他们是奔着结婚去的。

他终于可以大大方方地给方烟茹拍照了。

之前,沐千山就想给方烟茹多拍些照。这样两个人不能见面的时候,他想她了,就可以看一看照片。

他更想早点把方烟茹晒在他的朋友圈里,让他们共同的朋友看见,并且祝福他们。

沐千山很快点了发送,朋友圈九宫格的图里,中间那一张是方

第十章 初夏

烟茹的照片,其余是徽州风景照。

他很少发朋友圈,更没有发过女孩子的照片,一大堆朋友在给他点赞。

方烟茹在手机上刷到了沐千山这条朋友圈。

她看了一下,也就是中间这张图里有她。而且这张图主要是拍风景的,她整个人很渺小。她不点开仔细看,都看不出来是她。

沐千山大概就真是随便拍拍,然后应景似的传到朋友圈里吧。

果然,方烟茹看见她之前一个科室的同事刘琦留言:"是去小方那里玩了吧!真好!"

难道在沐千山眼里,她就是一个共事过的小方?甚至在他朋友圈里,连姓名都不配有。

方烟茹默默地给沐千山这条朋友圈点个赞。

事与愿违是常态。

也许,就是她一个人在这里胡思乱想吧!

她想,她这样的坚持有什么意义?

太过缥缈了,她挺想放弃的。

可是,沐千山真的很好啊。

方烟茹看着站在不远处拍照的他。

明明周围有很多游客,但她还是一眼就看见了他。

他就像一个巨大的磁场,吸引住了她的目光。

方烟茹心里念头纷纷,就像游船驶过、溅起江面无数水花一样。

有一双白色的水鸟鸣叫着,一高一低,扑扇着翅膀,悠然地飞过近岸。

她的心彻底乱了。

第十一章　多雨

6月初，没有到梅雨季节，小城也一直下着淅淅沥沥的雨。

虽然进入了夏天，但天气不是很热，反倒有薄薄的凉意。

婉约的粉墙黛瓦浸润在朦胧的烟雨中，如水墨画卷。

江面几乎与岸连平。

江水汩汩滔滔。

方家小菜园里靠墙的一排栀子花开了，被雨洗得发亮，洁白的花朵散发着浓郁芬芳，飘在空气中，沁人心脾。

眼看方炆茂就要高考了，而他几次模拟考的成绩又卡在本科线上下，方家的气氛又紧张起来。

方奶奶和方妈妈这几天每天在家里花式做营养套餐。

方妈妈说："以前小茹高考的时候，我都没这么担心过！"

方烟茹学习很自觉，成绩一直都很稳，高考发挥得也很稳，然后稳当当地进了南江那边的大学。

而方炆茂的成绩就一般了，卷子容易一点，就能勉强过本科线；如果难一点，他成绩就不好了，就得去读专科院校。

方奶奶问："小茹、小茂他们都带伞了吧？"

第十一章 多雨

方妈妈说:"都带着的,这些天,我让他们都把伞带在身上。"

这样的天气说变就是变的。也许白天还是晴空万里,到了午后,飘来几朵云,不一会儿天空中就乌云密布,紧接着风一吹,雨就噼里啪啦地落下来了。

方奶奶看了看天,空中是乌压压的云,说:"这个天,还会下大雨的。"

方妈妈说:"我们东西不少都搬到二楼了。没什么的。"

每到这个季节,小城的雨水就多。今年的雨格外多,六月以来,天几乎就没晴过。

菜园的小棚子已经晒不下全家人的衣服了。

方妈妈就干脆拉了几根铁丝线,把衣服挂在家里。

可这一阵子,空气特别潮湿,都能拧得出来水,衣服很难干,摸着都是潮乎乎的。

于是,方妈妈又把冬天的火桶拿出来,一天到晚开着,把湿漉漉的衣服铺上去一件件烘干。

方奶奶有些心疼电费,说:"这个月电费不得了。"

方家人勤俭持家,能节约一度电一定节约,能少用点自来水就少用点,精打细算过着自家踏实的日子。

方妈妈说:"天总是下雨,也没办法。就希望小茂高考那几天天气好一点。"

她担心着方炆茂,也担心着方烟茹,说:"今天小茹下乡,也不知道路好不好走。"

阴雨天,光线不好,家里也开了灯。

灯泡都蒙了一层雾气,方妈妈便一个个去擦,把灯擦得亮一点,让家里也亮堂一些。

她哪里都不去，就守在家里，等着孩子们回来。

这个案子的受害人年过七旬，行动不便，于是，方烟茹便跟着刘嘉到受害人所在的村里去询问。

受害人居住的村子在深山里，有将近 2 个小时的车程。

一路上，雨时大时小。

山路弯弯曲曲的，地面湿滑，车子确实不太好开。

这个抢劫案的受害人是一位老奶奶。

老奶奶的儿子在外打工，一个人住在村子的老宅里。

端午回来的时候，她儿子给了她 3000 块现金。

于是，老奶奶便高高兴兴在村里逢人就夸自己的儿子孝顺，给了她钱。

她说者无意，可听者有心。

村里一个 50 多岁的单身汉便趁着夜色摸过去了。

他翻找到钱的时候，惊动了老奶奶。

老奶奶来拦，他索性明抢，还抄起老奶奶放在桌上的大剪刀去威胁她，然后揣着钱跑了。

他没跑多远，就被闻讯而来的村里人抓了送到派出所去了。

案情是很简单的。这就是一个转化型的抢劫罪案件。

虽然案子简单明了，但方烟茹没有大意，依然一丝不苟地去办理。

她是普普通通的检察官助理，日常的工作也是很寻常的。

她遇到的绝大多数是普普通通的案子，几乎是每一个检察官助理都能遇得到的事儿。

她就像是小说里的一个标点，又像大江里的一滴水，还像无数

第十一章 多雨

徽州民宅上的一片黛瓦。

太寻常，太普通。

可就是再普普通通，她也会认真对待的。这就是她的工作呀。

普通人的日子，没有那么多闪闪发光的时刻。

普通人的工作，也没有那么多璀璨绚丽的高光时分。

平凡就是普通人的底色。

但即便是这样普通的日常，她也要认认真真去过好。

方烟茹回到家的时候，天已经全黑了。

雨又下起来了。起先雨是一滴一滴的，没过多久，雨就渐渐大了起来。

方烟茹在阁楼上，就听见外头噼里啪啦的雨声一声紧过一声。

她看手机，沐千山发来了微信。

沐千山说："我已经在高铁上了，晚上8点半左右到站。"

方烟茹问："沐千山，你确定要在这里买房子吗？"

她一开始还以为沐千山就是那么说说，没想到他居然真的要在这买房子，明天就来签合同。

沐千山不当住院总医师后，果然空暇的时间多了许多，就能时常和方烟茹聊天。

两个人聊得很投机，这3个月天天联系下来，方烟茹已经很熟稔地喊沐千山名字了。

她很喜欢现在的状态，也抱着能和沐千山走得再近一点的念头。

因总是心存一丝希望，她才会这样继续的。

虽然，她嘴上一直没有承认，但是她知道自己的。

她喜欢沐千山。

可如果她这份喜欢不会有结果，那么她宁可不戳破这层纱。

沐千山说："对啊！反正迟早都是要买的。"

方烟茹说："那好。"

沐千山发过来一张奖状的照片，说："我被我们院表彰为优秀共产党员。嘿嘿，我之前也没算白忙啦，发了奖状。"

他发现那几个月临时接任住院总医师，没日没夜地忙，最后能获得肯定，心里很高兴。

付出了，总是想得到认可的。

方烟茹夸赞说："你真棒！"

沐千山被夸得更高兴了，说："小茹，我到了后就去找你，你可以出来吗？"

方烟茹犹豫了几秒，说："好。"

以前，沐千山都是大白天来的。这次他到渔梁估计要9点多了。

可是签合同，证件齐全的话很快的。

沐千山想早点来，就是为了见她吧。

方烟茹心跳得更快了。

她问："你看过天气预报了吗？这几天都有雨的。住的地方没有订吧？我去看看。"

沐千山说："我带伞了。没订住的地方。我多休两天假，7号回去。"

方烟茹心跳更快了，签合同要不了那么久。他在这里多几天，是不是为了她呢？

然后，手机里又收到沐千山发来的信息，简单的几个字。

第十一章 多雨

他说:"我真想现在就见到你。"

仿佛有烟花在方烟茹的世界"砰"的一声绽放,在盈满清甜香气的夜空里绚烂多姿。

她的脸发烫了。

原来,他也一直在一步步向她走近。

这一场相遇是双向的奔赴,而不是她一个人的独角戏。

真好。

这样真的很好!

窗外的雨声,落在方烟茹的耳朵里,都是温婉的曲调。

美好的夏天雨夜,似乎连空气里都是甜意。

方烟茹深吸一口气,她感觉到了空气里有浓浓的栀子花香气,而这样的香气一直弥散,然后萦绕在她的人生里。

沐千山到的时候,小城很安静。

他踏着雨声而来,带着温柔的笑意。

方家的早点铺子依然开着。

有两个外地客人坐在里头慢条斯理吃着馄饨和石头馃。

方奶奶守着店,看到沐千山拎着礼物进来,还以为是外地来的游客。

她堆着笑,说:"想吃点什么?"

沐千山笑着说:"奶奶好,我是沐千山,小茹的男朋友。"

方奶奶一下子就精神了,打量着沐千山,瞧他长得很俊,心里就满意了三分,笑容更深了,说:"快进来坐。"

她一迭声说:"小茹这孩子,你过来也不打招呼。"

方奶奶到后头叫一家人出来。

方妈妈最先出来,说:"沐医生呀!"

她记得沐千山是方烟茹在南江的同事,之前来过的。

沐千山笑着说:"方妈妈好。"

光这个称呼就让方妈妈笑容多了一些。她记得方烟茹提起过沐千山好几次,是一个很不错的医生。要是女儿喜欢,方妈妈打算再看看他家里好不好相处。如果他爸妈不折腾,那她就认可。

方妈妈说:"小茹说她有事出去了。我给她打电话,让她早点回来。"

她招呼沐千山往里头走,说:"快到家里坐。"

沐千山拎着礼物跟着进去。

方妈妈瞧了一眼,有四样礼,是准女婿拜访时常带的那些礼物,她更高兴了。

方炆茂出来打了一个招呼就回去看书了。

还有几天高考,学校已经放假了,他争分夺秒地复习,想多看一些书,多刷一会儿题。可方炆茂越看书越做题,他就发现自己不会的就越多,心里很忐忑,后悔以前有空的时候都在玩游戏了。

沐千山端端正正地坐着,就看见一个老爷爷穿着八成新的长袖衫,背着手踱步走到正堂上,清了清嗓子,然后坐下。

他马上站起来,说:"爷爷好。"

方爷爷说:"小沐,你坐,你坐。你哪年出生?哪里人?"

方妈妈一边泡茶,一边竖着耳朵听着。

方奶奶得看店,但也站在门边,认认真真地听。

沐千山客客气气地说:"我是1990年6月8日出生的,广东广州人,现在是医生,在南江那边工作。"

方爷爷点点头,又问:"这次,你怎么过来的?"

第十一章 多雨

沐千山说:"我坐高铁来的。7号回去,这次准备和小茹再看看房子,打算在小茹单位附近买一套,先付首付。"

方妈妈眼睛一亮,说:"打算买多大?"

沐千山说:"我和小茹商量好了,初步打算买个115平方米的。现房,楼层高,采光可以,有3个房间。到时候,方妈妈你们想过来住都方便的。"

买房,装修,办婚礼,这些都是大事。

沐千山打算一样样往前推进了。

一想到自己很快就可以和方烟茹结婚了,沐千山就忍不住开心。

他认认真真说:"房子买好就是装修,我可能没办法全程盯着,到时候请专门装修公司来做。我会和小茹一起商量着办。装修费我准备得差不多了。然后,婚礼就以小茹的意思为主。"

在他的能力范围内,沐千山想给方烟茹最好的。

方妈妈点点头。

听起来沐千山安排得很妥当。大概他已经和自己女儿商量好的。果然,自己的女儿就是个有主意的,怪不得会一直拒绝家里的牵线。

瞧着沐千山很好,方妈妈心里很满意,笑着问:"你父母怎么说?"

这件事,在方烟茹跟前,沐千山都没有直接提过。不过,他在来之前就猜到方烟茹的长辈们肯定会问。

沐千山说:"父母多年前就已因病去世,是我爷爷、奶奶抚养我长大的。现在我爷爷还在,和我姑姑住在南江。我有时候会去姑姑那吃饭,看看爷爷。每年回一次广州,单独过去,给父母扫墓。"

姑姑家里不大。小小的房子里住着爷爷、姑姑、姑父、表妹、表妹夫,还有表妹的两个孩子,挤得满满当当的。

十几年前,沐千山读大学的时候,爷爷、奶奶住在广州那边,他逢假必回。

后来,奶奶不在了,爷爷便来南江这边和姑姑一家住。

开始两年,姑姑、姑父会陪着爷爷也一起去广州那边扫墓。

现在爷爷年纪大了,行动不便,姑姑一大家都各有各的事,便是沐千山一个人去。今年是事情太多,所以没去扫墓。

沐千山打算和方烟茹的事情差不多定下来后,和方烟茹再一起去广州那边。

方妈妈没有再追问,说:"小沐,快尝尝看,是我们这的新茶。"她站了起来,"你晚上住哪?我去收拾一下,你要不嫌弃的话,晚上就住在我们这儿吧。房间有的。"

方家是老宅子,空房间还有,楼上方烟茹隔壁的那间屋子稍微打扫一下就可以住人。

沐千山说:"好啊,谢谢方妈妈。"

方烟茹顶头进来,就看见沐千山和家里人聊得很好。

她是准备去给沐千山订住宿的地方,接到方妈妈的电话就走回来了。

方烟茹一到家,就看到方妈妈已经在烘新的床单被套了。

方妈妈说:"怎么才回来?小沐都等你半天了!"

沐千山站起来,眼睛亮亮的,笑着说:"小茹,你来了。"

方妈妈吩咐方烟茹,说:"等下你把被子铺好,就在你隔壁那个房间。"

阁楼有三个房间,其中一个房间空着,放了两个书柜,里头满

第十一章 多雨

满都是方烟茹、方炆茂这些年来的书。

房间中还有张床，以前亲戚来城里，会在这借宿，之前方爷爷也一个人在那里住了几天。

方妈妈勤快，把家中里里外外都收拾得干干净净的。即便一直没有人住，房间也是很整洁的，现在简单收拾一下就可以住人了。

这是直接让沐千山住在自己家里了。

方烟茹有些奇怪，下意识就去看他。

沐千山感受到了方烟茹的视线，也看过去，然后笑起来。

事情比他想的顺利，他受到了方家人的一致欢迎。

他站起来，笑着说："我和小茹一起，这些事我也做得惯的。"

听沐千山说他会做家务，方妈妈他们就更满意了。

方妈妈笑着说："小沐，你坐着。"

方奶奶端出了一碗馄饨，很热情地说："刚才小沐说他路上就吃了盒饭，吃碗馄饨当夜宵吧！"

方爷爷也是和颜悦色的，说："小沐，多吃一点啊。"

沐千山吃了两口馄饨，很真诚地笑着说："真好吃啊！"

这不是他的溢美之词。

馄饨皮薄馅嫩，汤汁很鲜，味道可好了。

方奶奶笑呵呵地再去端馄饨给方炆茂。

方烟茹瞧着自己家里人，再瞧瞧沐千山，总觉得自己好像漏掉了什么重要信息。

家里人对沐千山也太热情了。

不过，这会儿气氛很好。

她没多想，更没说什么。

第十二章　花香

午夜时分，雨打在窗上，噼里啪啦地响。

沐千山躺着，闻着栀子花的香，想着方烟茹就在隔壁，整个人兴奋得睡不着。

他给方烟茹发语音，说："小茹，你睡了吗？"

有很长时间没有收到方烟茹的回复消息，沐千山便坐起来，打开了窗子。

外头是瓢泼大雨，他依稀可见近处的黛色瓦、马头墙，远处滔滔翻涌的江水。

盛夏时节的雨夜有几分清凉。

沐千山深吸一口气，觉得空气里栀子花的香味更加浓了。

他睡不着。

其实，他没有别的什么事，就是想方烟茹了，就想拉着她说说话，随便说什么都可以，只要是跟方烟茹说话就好。

这种感觉很奇妙，纯洁而柔软，就像是丝丝缠绕的轻烟，在星星点点的千家灯火里蔓延开去。

远离了喧嚣，只想要这一方烟火。

第十二章 花香

他又发了一条语音,温柔地说:"小茹,你听,雨声好大啊!"

这个时间点,隔壁的方烟茹大概正睡着吧。

沐千山静静地听了一会儿雨声。

外头的雨声越来越密,越来越响。

他想起了很多古诗词,都是有关雨夜相思的句子。

沐千山的房间和方烟茹的房间中间就只隔了一层薄薄的木板墙。

他关上窗子,走到墙边,轻轻地摸着木板,嘴角微微上扬。

喜悦在沐千山的心间开了硕大洁白的花。

原来,日复一日,他在一遍一遍的思念里,不知不觉中,把方烟茹的名字深深地刻在了心头上。

好在,幸福就在一墙之隔,就在咫尺之外。

沐千山只要再往前走一步,就能握住方烟茹的手。

然后他们便是执子之手,与子偕老。

不需要轰轰烈烈的爱情,只需要平平淡淡的生活。

不希望是波涛如怒,只想是静水流深,他们可以平静地从过去绵延到很多年以后。

在医院待久了,沐千山越来越觉得没有意外的安静时光就是最好的。

平和安稳的岁月里每一天都是顺顺利利的。

他就想要这样隐藏在芸芸众生里,有着属于自己平凡的闪闪发亮。

这时,沐千山的手机提示音响了,是方烟茹发过来的一条语音。

他点开一听,里头传来方烟茹迷迷糊糊的声音。

方烟茹的舌头还卷着，说："嗯，嗯啊。你还没有睡啊。嗯，我好困啊。"

沐千山温柔地说："没有啊。小茹，你困了就好好休息吧。"

哪怕知道早睡早起、作息规律对身体好。可这一刻，沐千山心里是希望方烟茹能够陪着他多说一会儿话，好像他现在和方烟茹有说不完的话。

明明他不是一个话多的人。

可他就是打心眼地想和方烟茹多说话。

方烟茹含糊不清地说："你也早点睡啊。"

沐千山说："知道啊，你也是，快点睡觉吧。"

然后，他的手机就安静了。

沐千山心里有一些失落。

枕着雨声，他静静地躺着，可心里却一点儿也平静不下来。

这样的情绪就像是夏天的雨，突然来得很急。

雨真是大。

沐千山不由得想起了在南江的某个深夜，也是下着这样大的雨。

而他在病床之间辗转，通宵达旦地忙碌，并不知道自己第二天会遇到什么。有太多的意外可能！沐千山的精神紧绷着，就像拉得笔直的丝线，即便没有突发状况时可以去休息，可他还是整晚都睡不着，在梦里都怕有一点闪失。只有困倦到极点，他才能眯一会儿，但很快又会惊醒过来。

今夜听雨，沐千山睡不着，但精神是放松的，可以安心地躺着，安然地想着方烟茹。

平安而又平静的时光是他所期盼已久的幸福。

第十二章 花香

没有那么多措手不及，没有那么多突然转折，没有那么多意外迭起，有的只有这皖南小城彻夜的雨声。

方烟茹下楼的时候，特意去看了一眼，隔壁的房门还关着，大概沐千山还没醒。

她给沐千山留言，说："醒了喊我哈。"

早上，外头雨还是很大。

方烟茹打着伞，去园子里摘了几朵带叶子的栀子花，插在小小的玻璃花瓶里。

前头小店已经忙起来，坐满了来吃馄饨的客人。

方爷爷今天轮休，骑着电瓶车，戴上头盔，帮着送外卖去了。

方妈妈要给方炊茂单独再做肉包子，还记挂着沐千山，便问方烟茹，说："小沐喜欢吃什么？"

方烟茹想了想，说："他不太能吃辣，其他都差不多吃吧。"

方妈妈嘱咐说："你去再买些早点来，人家第一次上门。"

方烟茹说："行啊，我等下陪他去看房子，中午可能在外面吃。"

方妈妈说："晚上早点回来吃饭。我和你奶奶说了，早点店就做到今天下午。这几天就不开门了。"

店门一开，早上这会儿肯定忙得团团转，到中午和晚上的饭点也会忙。方炊茂没两天就高考了，方烟茹还带了沐千山来，方妈妈决定这几天生意不做了，这样就有足够时间管家里的事。

方烟茹一口答应下来。

古城里有家店的豆腐脑不错，还有家生煎包很好吃。她便骑着电瓶车去买。

等方烟茹拎着早点回来的时候，沐千山已经端端正正坐在桌

131

边了。

方烟茹把豆腐脑、生煎包摆在桌上,说:"你尝尝看豆腐脑吧,我要了一份甜口的。"

沐千山见她记住了自己的口味,心里一暖,笑起来,说:"好啊。"

桌上的大盘子里摆了一叠石头馃,有豆黄、羊角、笋丁几种馅儿,都是奶奶新做的。

方奶奶端来碗粥,放到沐千山面前,说:"小沐,你多吃点,晚上来家里吃饭。"

沐千山说:"好啊,方奶奶,我等大家一起吃。"

这次早餐,方家是摆了大圆桌的。

徽州人家几乎家家户户都有大圆桌子,平常把圆桌拆成两张半圆桌放着;等到一大家人团圆的时候,会把两个半圆桌子拼成一张大圆桌摆在正堂上。

大圆桌上除了馃外,还有好几样菜。

黄瓜切成了薄片,腌了会儿,下锅爆炒,配上红辣椒,颜色漂亮,味道又好。

白嫩嫩的藕切成了小段,加红辣椒,再放几片红色火腿丝儿炒出来,又香又好吃。

青椒豆腐干炒肉丝旁边,放着一盘炒鸡蛋米。

再有4个小碟子,里面是腌萝卜片、腌羊角、腌辣椒皮、腌生姜片。

沐千山笑着说:"看着就好吃。"

方奶奶说:"那就多吃一点。"

一阵快步的脚步声传来,方炆茂下楼了。

第十二章 花香

他和家里人打了招呼后,就看着沐千山,露出一个大大的笑容,挠了挠头,结结巴巴地说:"你好啊!"

沐千山说:"早啊。常听你姐姐说起你。"

方炆茂笑着说:"我姐说我什么?"

沐千山说:"说这里过年热闹,亲戚们多,你们姐弟得分头拜年。"

说到这里,沐千山侧过脸,看着方烟茹,笑得更加灿烂了。

方奶奶说:"你们先吃,我和你们爷爷打过电话了,他还要跑几家。"

沐千山说:"没事的,我不太饿,等爷爷回来。"

方奶奶笑着说:"真不用,你们吃吧。"

沐千山这才吃早饭。他先吃了一个豆黄馃,然后去吃甜豆腐脑。

这豆腐脑水嫩嫩的,沐千山咬了一口。

他只觉得甜蜜蜜的滋味在舌尖旋转,然后一直滚到他心里去了。

房子买得很顺利。

沐千山在空荡荡的房子里转了转,觉得自己办成了一件大事,和方烟茹结婚指日可待。

他说:"小茹,你喜欢什么风格的?"

虽然沐千山是准备找公司专门设计,但关于风格方面他想让方烟茹定下一个调子。

他在房子里看了又看,然后说:"这里,我打算做个茶室。"

岭南那边有吃早茶的习惯。

沐千山记得小时候,他父母还在,会在周末带他一起去茶楼吃早茶,点上一盅茶、几样点心,慢悠悠地吃到快中午。

茶是暖胃的红茶。

点心品种繁多,有艇仔粥、皮蛋瘦肉粥、红豆粥等,又有水晶饺子、肉包、肠粉等,还有叉烧包、萝卜糕、春卷、凤爪之类。

那时候,一家三口人在一起边吃边聊,节奏很慢,日子悠然。

沐千山很怀念那种感觉。

宁静的、温馨的、悠远的,如淡黄色的柔光,让人感觉心灵有归途。

那是属于他的一小盏明灯。

之前,他的那盏灯没有了,但现在他应该有了新的小暖灯。

等以后,他放假从南江回来,他和方烟茹做几样点心,然后泡一壶茶,再坐在安静的茶室里,悠闲地消磨时光。

光是想一想,沐千山就觉得以后的日子好极了。

方烟茹说:"挺好的。你喜欢什么样,就装什么样。"

她对装修不了解,之前也没有去翻看相关资料,给不了建议。

沐千山说:"喜欢中国风吗?我记得你提过。"

方烟茹点点头,说:"我喜欢啊。不过装修得太古色古香,会不会像一个博物馆?"

沐千山说:"那就简约里面带一点中国风的感觉。"

方烟茹问:"你还是问问看你家里人有什么建议吧。"

沐千山已经把他家里的情况跟方烟茹提了,但他有爷爷,有姑姑一家人。方烟茹觉得,他最好问他们一句。

沐千山心情很好,说:"来之前,我问过他们了,说我自己看好就行。我爷爷很高兴的。我姑姑还跟我提了很多装修时候需要注

第十二章 花香

意的事项。我也去查了一下,做了一个详细的攻略。装修三四个月差不多,再通风放个半年,明年春天我们可以办婚礼,然后住进来了。"

开头,方烟茹听着没觉得什么,越听她越觉得不对。

她猛地抬起头来,很诧异地说:"什么?结婚?"

方烟茹的脑子都转不过来弯了!

他们不就是彼此之间朦朦胧胧有些好感,一点点接近,还没正式谈恋爱吗?

怎么沐千山就直接跳了过程,谈到结婚上去了?

方烟茹觉得自己的脑子都转不过来弯了。

她真完全没有心理准备。

方烟茹不由得一脸茫然地看着他,问:"我不太明白,你是什么意思啊?"

她红着脸,支支吾吾地说:"好端端的,你怎么突然就说结婚?"

沐千山扶了扶眼镜,红着脸,说:"小茹,我们处了有几个月了,应该可以差不多考虑结婚的事情了吧?"

他认真了神色,说:"我打算这里是我们的婚房。我排了一个进度表。过完梅雨季节,这边应该晴好天气为主。我们去搞装修特别合适,大概要装修到十月底。"

方烟茹瞪大了眼睛,一脸诧异。

沐千山不是为了投资,是为了结婚才在这里买个房子吗?

这到底是怎么回事啊?

方烟茹说:"我不大明白是怎么回事。你不是觉得这里风景好,有投资前景,然后买个房子吗?我遇到有在杭州工作的同学,觉得

135

这边环境好,然后买了来度假用的。"

一直以来,方烟茹真就是这样觉得的。

方烟茹从没有想过,沐千山买房子是为了和她结婚!

是的,她是喜欢沐千山,可真一下子说到结婚,她还是很茫然的。

倒不是说她不想和沐千山有个好结果。

实际上,她一直希望能和沐千山有个好结局。

可现在,沐千山猛然跟她说结婚的事儿,她觉得这个进度条一下子拉得太快了。

她的脑子就像是一个毛线团,理不出思绪来,一时有些接受不了。

沐千山想了想,恍然大悟。

他紧张地扶了扶眼镜,红着脸,结结巴巴地说:"小茹,是我不好。我想起来了,我之前去问了,女孩子要有仪式感,我漏了一个求婚的环节,回头,我去策划一下,我向你求婚。瞧我,就顾着怎么买房子、装修房子了!"

他看着方烟茹,认认真真地说:"我会对你好的,一辈子对你好。"

明明也在网上搜了很多甜言蜜语,沐千山也记了很多古典诗词,但是真站到了方烟茹面前,他竟然是一个字都说不出来。

他话都说得不利索了,干巴巴地说:"你放心、你放心好了。"

沐千山颠来倒去的,就是让方烟茹放心。

方烟茹脸也是红扑扑的,说:"我好像还没有答应做你女朋友吧!"

这个步骤跳得也太快了一些,没有循序渐进,让她猝不及防。

第十二章 花香

沐千山神色更懵了，说话彻底结巴，问："小茹，你……不是早答应了吗？"

方烟茹眼睛睁得更大了。

她仔细地回忆了一遍，然后确定地说："应该是没有吧，我记得是没有的。要不，你回忆一下，这是什么时候的事？我怎么一点记忆都没有。"

沐千山愣在了原地。

他扶了扶眼镜，紧张地说："你收了我送你的手镯啊？应该就是答应我了吧！"

方烟茹很奇怪，说："啊？手镯？"

她仔细地回想了一下，是有这个事——只是那不是他从小摊上随手买的吗？

那样的手镯，她真有许多。

以前在南江，她有一阵子很喜欢漂亮的手镯，每天换一个戴。现在因为工作的关系，她手腕上不能戴手镯，一般是想不起来戴手镯的。

后来，她有一阵子误会沐千山是故意不理他，便把手镯收起来，丢进放了她一大堆闪闪发亮的手镯的抽屉里。

沐千山点点头，说："是啊。我从外滩那边一个店里买来的，店员说那是铂金钻石手镯的经典款。"

什么？铂金钻石的？

那肯定不便宜了！

方烟茹神色里带了几分焦急，说："沐千山，我们回去——我得找一找。那镯子，我不知道这么贵，我塞到抽屉里去了。我以为就跟我以前的手镯一样，就这样稀里糊涂接下来了。我要知道是这

137

么贵,我肯定不收的!"

仿佛有一场突如其来的冷雨下在沐千山的心里。

难道一直以来,这就是误会?是他自作多情了?方烟茹对他根本就没有意思,只是当他是好朋友?

他在脑子里过了一遍,之前和方烟茹聊天不够多,也就是近来有空,可以多说一些闲话,但是确实没有腻歪的时候。

甚至,方烟茹都没有对他有特别的昵称,以前客套地喊他沐医生,后来也时不时喊他沐医生,现在在他的提醒下才喊他名字的。

他们聊的都是生活中的琐事,彼此很熟悉,但是少了一些亲昵。

真说他们是好朋友,也是可以的。

在南江的时候,方烟茹就对所有同事的态度都很温和,对他也是一样。即便是因为他的事才加班到深夜,方烟茹也没有发过脾气,而是温温柔柔地说着话。

这只是她的工作态度吗?只是她对好朋友的姿态吗?

沐千山目光闪烁,满心失落。

第十三章　心意

雨小了一些，但沐千山心中的雨却大了很多。

他有些昏昏沉沉的，理不出思绪来，如这一川烟柳，满城风絮。

沐千山情绪急转直下，觉得这四面都是水泥的新房空落落的，没有一点烟火味儿。

他试探地问："小茹，我们还能一起商量着怎么装修吗？"

方烟茹说："我确实不大懂装修啊！"

她真给不出来什么意见。

这方面是她知识的黑洞。

方烟茹做什么事都喜欢有章法、有依据。如果心里没有底，她一般不会轻易下结论。

沐千山更误会了。

他半低着头，心紧紧地揪着疼。

这就是被方烟茹拒绝了吧！

怎么会这样？

难道方烟茹真的对他一点意思都没有吗？

一直以来,都是他误会了。然后这是一个人热情吗?

不,他不相信。

沐千山是有感觉的。

他明明能感觉到方烟茹看他的目光里有似水柔情!

难道,这都是他的错觉么?

停顿了一会儿,沐千山抬起头,扶了扶眼镜,尽力笑了笑,轻轻地说:"小茹,手镯你收着吧。"

他心里很忐忑,很怕自己开了口,然后手镯被方烟茹退回来。

方烟茹道:"沐千山,那个手镯我不能收的。"

要是普通的手镯,她会很开心地收下来,但这个手镯实在是太贵重了。

过些日子,她也许会收吧。

但现在,他们才算刚刚开始啊!

方烟茹是真觉得他们进展也太快一点,这会儿接受不了。

沐千山眼里的光迅速暗淡下来,心脏仿佛被无数的细针绵绵密密刺着,是铺天盖地的疼。

原来长久以来,就是他的一厢情愿,方烟茹对他这个人没有感觉。

他低下头,闷闷地说:"我送出去了,就不好收回来的。"

方烟茹口气里有了几分焦急,说:"那哪里成啊,这手镯太贵重了。"

沐千山认认真真地说:"我不收的。"

他转过脸,去看着窗外。

外头是小雨,淅淅沥沥的,让空气中都弥漫着湿气。

方烟茹不大好意思,也低着头,说:"就是觉得太贵了,不大合适。沐千山,我不是说手镯不好,就是贵重了。我们现在还是很好很好的朋友。以后……嗯……等到以后我们再说……好不好?"

她想慢慢来。

雨丝绵密,心思滚烫。

沐千山就是她生命里的亮光。

在灿烂的年华,她希望他们是一点一点地靠近,然后牢牢地手牵着手,一起走向地老天荒。

沐千山看着方烟茹,她的睫毛很长,像两把小扇子,遮住了她的眼眸。

他叹了一口气,说:"是啊,我们关系挺好的。"

沐千山的话里有浓浓的惆怅。

方烟茹很不好意思,说:"时间不早了,我们先去吃饭吧。你想吃什么?这顿饭,我来请好不好?沐千山,一定要我请,你就给我一次机会好不好?"

沐千山的态度很坚决,说:"那你不能还给我手镯。"

那手镯就是沐千山捧到方烟茹眼前的真心。

他怀着最大的诚意,送上自己的真心,希望方烟茹能好好地收下,然后妥帖地珍藏一生。

对他而言,这个手镯,不仅仅是一个手镯,是他对方烟茹今生今世的郑重承诺。

他早在很久以前,就向她承诺了自己的一生!

方烟茹有些为难,说:"这不太好。"

沐千山说:"没什么不好的。小茹,你……"

他犹豫了一会儿,扶了扶眼镜,下了决心,问出了口,说:"你不愿意和我结婚吗?"

方烟茹脸红了,低着头,看着脚尖,羞涩地说:"沐千山,我还没有想好。"

她还没有考虑好,到底要不要永远留在徽州,哪怕知道自己应当对家人负责,应该留下来承担责任,可内心深处依然向往在南江时的那份自由。

在没有彻底决定工作在哪之前,她觉得结婚这件事真的很遥远,更没有想到要和沐千山结婚。

毕竟,沐千山实在是太好了。

他好到,方烟茹一直在仰望他。

有时候方烟茹甚至觉得,在他跟前会觉得自惭形秽。

抛开这点不去想,她还有些现实的事情需要考虑。

如果她选择留在家乡,那她就会和沐千山两个人异地,肯定会有不方便的地方。要是她跟着沐千山去南江,工作的着落在哪里?而家里又怎么办?弟弟高考后,会去外地上学。爸爸常年不在家,爷爷、奶奶岁数大了,以后需要人照顾的地方多,妈妈一个人顾不过来的。

恋爱可以什么都不想,跟着感觉走。

可婚姻,毕竟是人生大事,需要考虑很多现实因素。

想清楚了再结婚,安生过日子;总比稀里糊涂结婚,遇到点事又去莫名其妙离婚好。

毕竟,婚姻对于一个人的影响实在太大了。

方烟茹的脸很红,想了想,才冷静下来,认真地说:"我再想想。"

沐千山的心里是说不出来的难过。

他明明感觉到方烟茹心里是有自己的,可为什么要拒绝他呢?

第十三章 心意

他已经竭尽所能对方烟茹好了。

到底要他怎么做才行呢?

沐千山说:"好吧。"

方烟茹笑着说:"沐千山,我们去吃饭吧。这顿我请你。"

她低着头,涨红了脸,说:"手镯,反正我真不能收,太贵了。"

她不是一个物质的人。她不在乎这些首饰有多么值钱,而在乎的是眼前的这个人得是对的人。

就是沐千山太优秀了,让她觉得自己不够优秀,怕是够不着他的世界。

可即便是这样,她还是很喜欢他。

她想,要不,她就再跟他继续走走看呢!

日子总是要往前看的。

只要他们一条心,好好过日子,明天会更好的。

沐千山扶了扶眼镜,心思如窗外细雨,纷纷乱乱的。

就这样了吗?好像是刚刚开始,他们就走到了结局。

可是,他真的感觉得到方烟茹对他是有情意的,便高高兴兴地付出,觉得他们会有未来。

难道要他就这样算了吗?

沐千山看着方烟茹,魂牵梦萦的姑娘就站在自己眼前。

这是他在南江的时候,设想过很多次的场景,他能安静地和方烟茹在新买的房子里,高兴地商量着装修的事,憧憬着幸福的婚姻生活。

明明幸福唾手可得,怎么就在无形之中,他和方烟茹的距离一下子又拉远了呢!

他不想放弃。

沐千山说："小茹，手镯，那是我的心。我也没有送礼物的经验，当时在店里，就想买个好的，配得上你。其实，我在南江的时候，就很喜欢你，总是不由自主地想接近你。那时候夜班，明明早上 10 点多就可以下班，但是我想看到你，就等到 12 点，然后去找你一起吃饭。我还记得，你当时就很纠结要不要回老家。你告诉我，你爸妈一直希望你能考回去。你说了那句话后，我有几天都没有睡好，怕你回去，然后怕我们一天比一天疏远。等你回去后，我通过微信和你聊天，发现我们之间的交集变少了，能说的话题也越来越少。我劝你回南江，你一直在犹豫。我很茫然。"

说到这里，沐千山停顿了一下，再看一看窗外的雨。

他轻轻地说："于是，我就来了。小茹，我看到你就很高兴。我想得很清楚了，你如果愿意去南江工作，我们可以申请医院的宿舍，还可以去租房子，过些年凑够了首付，就可以有自己的房子。你如果想一直留在本地，也没有关系，房子这些反而轻松的。我以后有假就回来，现在高铁通了，南江到这里，也就 3 个小时。这个路，我来跑。"

他又认认真真地说："小茹，我不太会说那些甜言蜜语。有时候自己也觉得自己挺无趣的。下了班，就看看医书，然后打两把游戏，没有什么生活情趣。小茹，我喜欢你，喜欢你很久很久了。就是我现在想问一句，你喜欢我吗？"

沐千山很紧张，扶了扶眼镜，舔了嘴唇，说："其实，我在你面前挺自卑的。我好像除了我自己，几乎是一无所有。"

方烟茹听完沐千山说的这些话，整个人都有些愣了。

沐千山这么优秀的人，居然在她面前会自卑？

分明是她觉得沐千山太好了，她一直在仰视他啊！

第十三章 心意

她有哪里好？哪里值得沐千山去喜欢呢？

明明她那么普通，丢在人海里，都不会有人去多看她一眼。

她从头到尾想了一遍，自己学历一般、家境一般、工作一般、长得也不算什么大美女，更没房没车的。

而沐千山呢，在她眼里几乎是完美的，成绩好、学历高，工作很好，长得很好，修养很好，怎么看怎么好，整个人都闪闪发光。

她真不知道沐千山喜欢自己哪一点。

方烟茹的思绪很混乱，就像是有许多只小猫在她心头蹦来跳去。

这种感觉很奇怪。

她一直以为自己在仰望明月，没想到，那轮明月是为自己而明亮。

又是欢喜，又是惆怅；又是忐忑，又是安心。

种种情绪交织在一起，方烟茹觉得自己的脸烫极了，低下头，又抬起头，然后又低下头，再抬起头，目光飘忽不定。

有些话，她觉得不太好意思说出口。

她有些害怕，也觉得这事很重要。

因为，这是她对沐千山一生的承诺。

可如果她不说，这事含含糊糊过去了，只怕沐千山的心也伤了，然后他们就没有以后了。

她是想说的，是啊，她也喜欢沐千山呢！但这句话，在她舌尖滚了滚，就是落不下来。

方烟茹飞快地看了沐千山一眼，又低着头，红着脸说："你喜欢我哪里呢？"

沐千山心凉了半截。

| 烟火暖千山 |

这是方烟茹又在拒绝他吗?

他觉得自己的心碎成了玻璃碴。

沐千山动了动嘴唇,说:"小茹,我觉得你哪里都好啊!"

他是真的觉得方烟茹哪里都好,一看到她,就会兴高采烈的。哪怕现在方烟茹拒绝了他,他还是依然舍不得就这样离开,还是想要站在这里,并抱有一线的希望。

只要方烟茹提出来,他哪里做得不好,他就一定去做好。

他希望方烟茹能和他在一起,快快乐乐的。

方烟茹低着头,脸烫极了,说:"我也是。"

她停顿了一下,说:"我觉得你哪里都好。"

不知道为什么,她看到沐千山,就会莫名其妙地高兴。

她就是觉得他哪里都好,怎么看怎么好;和沐千山这样安安静静地说说话,都是很高兴、很值得期待的事。

这一刻,她才意识到,她比想象中要更加喜欢他。

她就是很喜欢他,就是觉得他好。

不需要理由,她就是觉得沐千山是这世上最好的人。

这样的喜欢不是突如其来的暴雨,一下子倾盆而下,而是在日常的联系中,一天天地累积,润物无声却又铺天盖地。

等她现在意识到时,这样的喜欢已经在她的心底长成了参天大树。

甚至沐千山不需要说话,就这样站在她跟前,她就会打心底里高兴起来。

方烟茹轻轻地说:"沐千山,我也喜欢你。"

是啊,她是真的喜欢,喜欢到其他都顾不得了,满心就是沐千山!

第十三章 心意

原来,她很忐忑。

她总怕是自己多想,一再告诉自己这是不可能的,一直去努力克制,小心翼翼地维持着作为朋友的本分。

她生怕自己会错意,让这样的接近也成了空。

可现在,她不怕了。

因为沐千山对她说,他喜欢她。

这太好了!

方烟茹脸红扑扑的,低低地笑了起来。

就她这一句话,沐千山突然就兴奋起来。他几乎不敢相信自己的耳朵。

刚才的难受一扫而空,他现在整个人又精神了。

巨大的幸福感简直要从他的心头溢出来。

沐千山笑出了声,眼睛熠熠有光泽,脸也是红着的,轻轻地说:"小茹,我很高兴!今天,我实在太高兴了!"

他喜欢方烟茹,而方烟茹喜欢他。

这世上有那么多人,每一天都会有无数场的相遇,无数回的重逢。

而他是多么幸运,能在茫茫人海里,遇到自己喜欢的人,而这个人又刚刚好喜欢他。

一切都是刚刚好。

这真是多么美好。

沐千山满心、满眼都是方烟茹的身影。他现在高兴到无法用语言来形容。

他伸出手,牢牢地握住了方烟茹的手,认认真真地说:"小茹,我喜欢你很久很久了。"

具体是多久，沐千山也说不上来。

总有好长一段时间了吧。

自己什么时候开始喜欢的，他答不上来。

等他察觉的时候，他发现自己已经深陷其中了。

深陷就深陷，这也很好啊。

他本来就想和自己喜欢的人在一起，然后高高兴兴地度过余生。

一想到余生都要和方烟茹联系到一起，他就非常喜悦。

他想起来以前背过的很多诗。

在这一刻，诗句里那些爱情的缠绵悱恻，他都能感受同身受。

烟雨阑珊处，他的方烟茹就这样安安静静地待在这里，就像雨水洗得发亮的大朵鲜花，散发着沁人心脾的淡淡幽香。

而他只想握住方烟茹的手，从青葱岁月走向暮霭茫茫。

第十四章　火锅

到了中午的时候，方烟茹拉着沐千山来到在火锅店临窗的座位坐下。

沐千山全程都在笑，不过笑容里有几分羞涩。他说："小茹，还是我请好不好？"

临窗一排都是小桌子，一看就是适合恋人坐的。

方烟茹红着脸说："来之前，就说好了的，是我请哈。"

现在是扫码点餐。

方烟茹扫了码，把页面认真看了一遍，笑着说："点鸳鸯锅吧。要一份牛肉卷、嫩牛肉片、羊肉卷、虾滑、鱼丸；素菜香菇、大白菜、金针菇、小青菜，再要一份粉丝。沐千山，你想吃什么呢？还有饮料想喝什么？"

和沐千山以前就一起吃过火锅，他好像没有什么特别不爱吃的菜。

沐千山笑着说："我点了两份饮料，一份是抹茶红豆冰冰乐，还有一份是西瓜橙橙，一会儿就能送到。"

他记得方烟茹爱喝这样甜丝丝的饮料。

149

方烟茹抿嘴一笑,说:"好啊。"

被人放在心上的感觉挺好的。

菜很快就上齐。

鸳鸯锅里,一半是清汤,一半是红汤,都咕噜咕噜翻腾着热气。

饮料也送到了。

沐千山还点了隔壁烧烤店的烧烤,脆骨串、五花肉串、烤中翅、掌中宝串各六串。

他说:"我记得你喜欢吃。"

方烟茹说:"是啊,很喜欢。"

沐千山叮嘱说:"偶尔吃吃不要紧,但是不能多吃。"

他把不容易熟的菜先放进去,说:"你应该喜欢吃辣吧。我上次看你吃得蛮多辣的。不过,一次不能吃太多辣的。"

方烟茹也在红汤里放了菜,说:"是啊。我们这边大部分人都吃辣。我还爱吃辣椒炒火腿。我家以前养猪的时候,每年奶奶都要腌制火腿,过年过节会炒满满一盘。"

说完,方烟茹笑得眉眼弯弯。

这一笑,让沐千山晃了一下神。

他看着方烟茹,她是 20 岁出头的年纪,虽然是素颜,但长得十分养眼,小小的一张瓜子脸,眼睛大而有神,看着很舒服。

她扎着一个简单的马尾,露出光洁的额头,穿着苹果绿的连衣裙,显得青春有活力。

方烟茹感受到沐千山的视线,摸了摸脸,很奇怪,问:"怎么了?我的脸上有东西吗?"

沐千山笑着说:"没有。"

第十四章 火锅

他觉得自己的心跳得极快,脸也烫得厉害。

喜悦如丝丝线线,仿佛缠成了一朵云,把他轻轻地举起来。

沐千山觉得自己似乎是置身在幸福的云端,高兴得都要蹦蹦跳跳起来。

他说:"小茹,我很高兴。今天很高兴。"

沐千山是真的高兴。

他觉得他很快就可以有家了,一个和方烟茹的家。

方烟茹也低着头,笑起来。

这世上有这么多人。

在这么多人里,她刚刚好遇到沐千山,刚刚好喜欢他,而沐千山也刚刚好喜欢她。

一切都是刚刚好。

吃什么已经不重要了,重要的是她是和沐千山在一起吃饭。

她想一直这样下去。

和沐千山说一句话,或待在一起一分钟,她的眼睛里都会溢出亮晶晶的欢喜。

哪怕是人山人海,她都能一眼从人群中认出是他。

原来和喜欢的人在一起是这样的感觉。

非常喜悦、非常心安。

火锅店里吹着冷气,但沐千山依然热得出了一头汗。

他试着吃了一点辣,头上的汗就更多了。

不过,这个辣度比之前四川同学给他带的辣酱低多了,在他的承受范围内。

方烟茹眨了眨眼睛,轻声说:"我点了冰激凌。"

沐千山说:"额——这个对胃不大好吧。本来就吃了滚烫辛辣的食物，再吃冰的冰激凌，对胃黏膜不太好呀！"

方烟茹说："我知道啊，可是这样好吃嘛！我就偶尔吃一次吧！"

沐千山说："好吧。"

他瞅着方烟茹，认真地说："以后可不许这样，再好吃也不行。对你身体不好的。"

方烟茹说："知道，知道嘛！"

沐千山很无奈，说："你可不许嘴上答应得好好的，转头就忘记！"

他停顿了一下，说："你不是第一次这么吃了吧！"

方烟茹笑起来，脸红扑扑的，说："以后，我尽量不这样吃嘛！"

沐千山更无奈了，这肯定不是方烟茹第一回这样吃了！

他劝着，说："身体是自己的。小茹，等下肚子不舒服可怎么办？"

方烟茹说："不会的。"

沐千山说："万一呢？饮食不当很可能导致出现胃肠功能紊乱的症状，如果出现如严重腹泻、剧烈腹痛等症状，你人会吃苦的。你要注意饮食啊！不能这么吃的。"

方烟茹看了沐千山一眼，有些心虚，笑着说："没有那么夸张吧。真不是天天吃。有年头都没有这样吃过了。我就稍微吃这么一回，应该没什么关系。"

沐千山无奈地笑了笑，说："小茹乖，要照顾好自己的身体。等下冰激凌到了，你就舔两口好不好？"

沐千山去找了一个宽口碗，接了一碗开水，然后端回来。

他说："别吃太多辣的。我吃了一口，实在是太辣了。火锅里煮好的放水里涮一涮再吃，这样对胃会好一点。"

他是知道方烟茹的生活方式不算特别规律。她在南江那时候就喜欢熬夜追剧、看小说，第二天洗把脸就跑去上班。一年四季都爱

第十四章 火锅

穿裙子，大冬天外头下着雪，她都敢光着腿、穿着短裙出门，还一口口地吃着冰激凌！

这真的对身体不好呀！

沐千山那时候就委婉地提醒过几次，可是方烟茹没有听。

现在方烟茹都是他女朋友了，他应该可以大大方方地明说了吧。

方烟茹小声说："沐千山，今天就让我痛痛快快地吃一顿火锅吧。从明天开始我一定不这样乱吃。"

清淡饮食是养生，但吃麻辣火锅，用开水涮几遍后，就不够味儿了。而且，她真的很喜欢吃冰激凌，一年到头都想吃。

沐千山说："小茹，身体健康是第一的。不是说不能吃，就是控制一下，不能乱吃。"

方烟茹已经吃了烧烤、火锅，还喝了冰镇的饮料，如果再吃冰激凌的话，真的不知道她的肠胃受不受得了。

本来夏季就是急性肠胃炎的高发季节。

方烟茹说："那好吧。"

她知道沐千山是为了她身体着想，但是她真的很想吃冰激凌。

她"哎呀"了一声，说："要不我就稍微吃一个。我就很想吃嘛！我买的冰激凌又不大，就一个冰激凌球，抹茶味的。我吃得慢一点，一点事儿都不会有的。"

沐千山从清汤锅那边捞出一个香菇，就没说什么了。

冰激凌很快送到了。

确实就一个冰激凌球，但是那一个球就差不多一个碗那么大了。

沐千山看到后，真觉得不劝不行了。

他认真地说："小茹，你不能那么吃。你这样吃真的很容易造

153

成身体不适的。"

方烟茹不以为意,笑着说:"不会有什么事的,我以前都这么吃。哎呀,沐千山,我从明天开始就不这样了,好不好?今天就让我解解馋吧!这家冰激凌是新开的,看评论这款味道很不错的。"

方烟茹爱吃辣,也很爱吃甜的。

在平淡安静的生活里,她想要一小个片段有不一样的滋味。

这样有滋有味的食物,让她觉得很快乐。

沐千山犹豫了一下,劝道:"最好还是别这样吃吧。"

方烟茹扬起一个明媚的笑容,说:"沐千山,不会有事的嘛!"

然后她就开开心心吃起冰激凌来。

方烟茹吃冰激凌的样子特别可爱,勺子一勺勺挖着,一小口又一小口地吃着,一脸满足,像极了啃着青草的小白兔。

沐千山心软了,说:"慢点吃。"

方烟茹抬起头,对着沐千山笑得更加明媚了。

到了晚上,方烟茹就觉得自己身体不对劲了。

起先就是她对着一桌好菜吃不下,精神有点恹恹的。

没过多久,她就浑身没力气,有些恶心,觉得肚子隐隐地疼。

方烟茹晚饭吃了一半,便硬撑着回自己的房间,然后早早地去躺着。她想着休息一下会好一点。可她没想到越来越严重,恶心感根本压不住,肚子更疼了。

她上吐下泻起来。

沐千山心细,见方烟茹回来后没怎么吃晚饭就回房了,很不放心,便上楼去看看。

方烟茹的房门虚掩着,沐千山敲了两声后,隔着门,说:"小

第十四章　火锅

茹，你怎么了？"

透过门缝，他看见方烟茹躺在那儿，蜷缩成一团，就更不放心了。

他说："我进来了。"

方烟茹已经疼得头上出了虚汗，有气无力地说："沐千山，我好难受啊！"

她疼得哭了起来，又犯恶心了，拼命地捂着嘴，逼着自己不吐出来。

沐千山说："小茹，我送你去医院吧。"

方烟茹勉强撑得住，说："没事的，我躺一躺就好。"

沐千山心里有数。

方烟茹应该是今天吃坏了，得了急性肠胃炎，而且症状不轻。她最好还是要去医院，对症处理。

事情已经发生，解决眼下之急才是最重要的。

沐千山没有责怪方烟茹乱吃的事，只是问："家里有补液盐吗？"

急性肠胃炎的主要症状就是上吐下泻和腹痛难忍。病人需要及时补液，预防脱水，避免电解质紊乱。

方烟茹说："家里没药。"

她有些心虚，以为沐千山肯定要说她怎么那么贪吃。

她后悔没有听沐千山的劝，要是今天不乱吃那些东西，她也不会遭这个罪了。

就这一会儿，方烟茹的腹痛又发作了，不免哼唧起来。

沐千山担心地说："一定要口服补液盐，不然就肯定得去医院吊水了。我去给你买药吧。"

这一带有药房。他买了药来，只要方烟茹能喝得下去，不脱水，基本上没有什么大碍。

偏偏距离方烟茹家最近的药房今天关门特别早。沐千山走得急，手机忘在了方烟茹家里。他跑了很远的路，才找到了药店里买到了药。

等他从药房里跑回来以后，方烟茹上吐下泻得更加厉害了。她脸色蜡黄，一点力气都没有，脑子都有些迷糊了，躺在床上，软绵绵的。

方家人都很着急。

方妈妈满眼都是担忧，说："我刚才喂了点水，可是小茹都吐出来了。"

阵痛袭来，方烟茹疼得哭出来，说："妈妈，我好疼。"

她实在是太后悔了，自己乱吃，吃坏了真的很难受。早知道沐千山说的那些话，她一定早早听到耳朵里去了。可现在后悔也没用。

她出了一身虚汗，衣服黏黏地贴在身上。

方炆茂说："我背姐姐去医院吧。"

沐千山拿到了手机，火速叫了一辆网约车，说："呕吐得厉害，就得禁食，她肯定得去医院。还是我背吧。"

方烟茹连水都喝不进去，那就只能去医院吊水补液。

方家人商量了一下，由方妈妈和沐千山一起送方烟茹去医院。

感染科在医院后面的小楼里。

外头这会儿雨小了一些，淅淅沥沥的。

天气有几分凉意。

沐千山背着方烟茹，觉得她整个人都好轻，就像一朵云。

方烟茹温顺地趴在他的背上，软软地说："谢谢你啊！"

第十四章 火锅

沐千山说:"小茹,你跟我还说什么谢谢啊!照顾你,是我应该做的。你别说话,闭着眼睛养养神。"

方妈妈一直在撑伞,把伞往方烟茹那边倾斜。

经过值班医生诊断,方烟茹果然得了急性肠胃炎,需要在门诊输液治疗。医生开了单子,给方烟茹注射了甲氧氯普胺,缓解了一下她的症状。

沐千山跑前跑后办好了手续。

得了急性肠胃炎的病人,需要大量补液输液,会挂好几个小时的水。

沐千山估算了一下时间,得到下半夜才能挂好。

沐千山说:"方妈妈,我来陪护吧。小茹这边就交给我您先回去吧!"

方爷爷、方奶奶年纪大了,肯定不能熬夜。方炆茂要高考,而方妈妈家里真还有一堆事。

可沐千山毕竟是头一遭上门,总不能让他太辛苦。

方妈妈说:"小沐你回去休息,这里交给我。"

沐千山说:"方妈妈,真别跟我客气了。我平时就是在照顾病人的。"

方烟茹稍微好受了一些,说:"你们都回去吧,我自己可以按铃的。"

沐千山干脆在方烟茹病床旁边的椅子上坐下,说:"我来陪吧。"

见沐千山很坚持,方妈妈便说:"那行。"

虽说她担心着方烟茹的病情,但经过这个事儿,方妈妈心里对沐千山这个人是放了心的。

第十五章 温情

病了一场，方烟茹这两天瘦了一大圈。

好在沐千山一直旁边陪着她。

医生开了三天的病假条。方烟茹便去请了假。

每天，她很早就来吊水了，几个小时后，回去吃个早饭，再休息。

方烟茹看着外头的雨，说："唉，这样的雨天，就该吃上热乎乎的火锅、麻辣的烤串。"

她舔了舔嘴唇，说："还有甜滋滋的冰激凌、提拉米苏小蛋糕、冰镇的杨枝甘露。"

沐千山说："好了以后，你也不能乱吃了。要注意休息，清淡饮食，不吃辛辣刺激和油腻食物。"

方烟茹说："我就是想一想嘛！"

她真的就只能想一想了。

这次之后，她确实也不敢乱吃东西。她可不想这样再来上一回，实在是自己身体遭罪。

才早上6点，医院输液大厅的人不是很多。

第十五章 温情

方烟茹坐在椅子上,左右看看,觉得自己的恋爱谈得也怪独特的。

她和沐千山在一起的经历大部分都是和医院有关的。

这是一种奇妙的感觉。好像有一根丝线把天南地北的他们就这样轻轻巧巧地穿在一起。而这个连接点就是医院。

方烟茹心里涌出一丝甜蜜,笑着说:"跑到医院来谈恋爱的,大概就是我们两个吧。"

沐千山平铺直叙地说:"不啊,我有几个同学都是在医院里谈恋爱的。他们有的是找了护士,有的是找了医生,还有的是找了医院后勤部门的。"

方烟茹"哦"了一声,心里的甜淡了,但也有些失望。

至于为什么失望,她也说不上来,就是觉得沐千山这样直截了当地表示少了点什么。

互诉衷肠的喜悦瞬间之后,他们就得面对平淡的生活。

可这日子,确实很淡。

她跟沐千山的恋爱谈得实在是太顺利了,似乎就直接省略掉了迂回婉转的矫情过程,直接跳到了谈婚论嫁的地步。

现在全家人都来祝福,顺利到只要她点个头,明天就可以领证了。

太顺利的爱情,就像是一杯加了少许冰糖的温开水,温温和和、细水长流,虽有轻轻淡淡的暖,但少了些许麻辣甜腻的热情。

大概这就是生活的常态吧。

没有五光十色,也没有跌宕起伏,守一盏灯,看一颗星,安稳的岁月如河水静静流淌,悄然地汇入无数人间烟火。

沐千山察觉出来方烟茹不高兴了,以为她是因为不能吃那些想吃的东西而难受。

他知道，方烟茹是真爱吃那些的。

他认真地劝着，说："不是都不能吃。就是以后得少吃，更不能一次性吃太多。过些日子，天气真的热起来，你喜欢吃冰激凌，可以稍微吃一点。"

沐千山停顿了一下，接着说："火锅、烧烤、甜点、奶茶什么的，等你肠胃功能恢复好了，你想吃也可以吃一点。但得控制一下量。"

方烟茹知道，沐千山的这些话都是对的，是真心为她好。

她笑着说："好，等我好了，我想去吃甜点。我看了一下网上，最近我们这儿又新开了几家甜品店，我想去试试看。"

沐千山留意着方烟茹的神色，见她笑了，便放下心来，笑着说："我下了菜谱软件，会学着做一点。你喜欢吃的，我们都可以学，以后在家里一起做。"

他的心很踏实，喜欢的人就在身边，幸福就在眼前。

方家长辈们对他是认可的，方烟茹心里也是有他的，他可以高高兴兴地牵起方烟茹的手，在所有人的祝福里，顺风顺水地结婚。

没有意外，也没有波折。

时光芊绵柔和，温润似玉。

在生死之间，他所盼望的就是属于他的烟熏火燎的日常，是平安而从容的淡淡美好，就像是写意的山水画，疏疏落落几笔，留下大片的留白，没有浓墨重彩，没有花纹繁芜，有的就是这一份淡然悠远的静和。

沐千山不希望自己的生活像过山车一样，上一秒还是缓缓驾驶，下一秒就全力加速，然后猛然从高处坠下，再又快速爬升，接

第十五章 温情

连在半空中打几个转,不给人喘息的机会。

那样太累了。

现在这样就很好。此时此刻就很好。

沐千山看着方烟茹,眼里有光,即便是和她在医院里,只要能陪着她,也是欢欢喜喜的。

方烟茹感受到沐千山正目不转睛地看着自己,多少有些不好意思。

她觉得脸有些烫了,笑着说:"好啊。现在超市就可以买得到火锅底料。烧烤的食材也能买得到,在家里做也是可以的。"

她又说:"你知道徽州古城吧,前面那个大停车场原来是夜市摊。原来有一家烤茄子特别好吃。后来夜市摊搬到体育馆那边,我去找了一圈,都没找到那家店。"

当时方烟茹只记了那家小摊的大概位置,没有记那家小摊的名字,也没有留意老板的相貌。没想到她好一阵子没有去,夜市摊就搬走了,然后她就再也找不着了。

生活大抵就是这样。

有一些人,有一些事,总觉得就应该在那里,就没有去珍惜。

可是等到往前走了很多步,然后再回过头去看,好像就在不经意的时候,那些原本以为一成不变的人和事,都在时空里默默消散了,而且消失得很彻底,仿佛从来就没有出现过一样。

想到这里,方烟茹有一点点伤感。

大概外面在下雨吧,她的心情都有些湿润了。

沐千山说:"小茹,如果是整体搬迁的话,那家店还在。我们以后可以一家一家的吃过去嘛,这样总能找到你喜欢吃的那家店的。不过,去夜市摊的频率不能太高,饮食还是清清淡淡的好。"

方烟茹点点头，说："行。"她扭头看着窗外，说："雨怎么那么大啊？"

沐千山说："奶奶今天早上还跟我说，今年雨太大了，喊爷爷把东西能搬的都搬到楼上去。爷爷说年年都下雨，不会有大事的。他等一下带小茂去学校。"

高考是9点开考。

方炆茂是学文科的，虽然说考点在二中那边，但到底就在城里，他们7点半从家里出发肯定来得及。

沐千山和方烟茹来医院的时间很早，那个时候，方炆茂还没有起来。

方烟茹说："我高考的时候头个晚上没怎么睡，好在小茂睡得还挺不错的。我妈妈说小茂能考上一个本科就行了。哎呀，时间真快。我高考都好几年前了。沐千山，你以前呢？你读书的时候是什么样呢？"

沐千山说："我高考是2008年。那年挺多事的。我大概记得我的语文题目是'不要轻易说不'。我在文章里写我立志学医，想去救死扶伤，不会轻易说不。"

从业这几年，沐千山就是一个不轻易说"不"的人。

只要有一线希望，他一定会竭尽所能去争取，因为他的每一次争取，对于病人来说就是一次挽救生命的机会。

方烟茹星星眼看着他，认真地说："你的学习肯定非常好。"

沐千山矜持地说："还好吧。都是以前的事啦。"

他心里是高兴能被方烟茹认可的，说到最后一个字，撑不住抿嘴一笑。

方烟茹笑起来，说："你就别谦虚啦！能考上那么好学校医学

第十五章 温情

院,还本硕博连读,你就是学霸!"

沐千山说:"哪里,还好啦。当时我分数够去更好的学校,不过,不能读医学院。再加上当时姑姑已经把爷爷接到南江去了,我就填了南江。"

他已经有很多年没有在广州多停留几天了。

每次,沐千山都是匆匆赶去扫墓,然后匆匆离去。

回忆起来,广州很多时候都是很热的,是那种湿答答的热,夹杂着南方的热烈。

沐千山对林立的高楼大厦没有太多留念,反倒一直很喜欢越秀荔湾那边的老城区。

他记得有条街上都是小吃,有云吞面、艇仔粥、牛腩粉等。

他是蛮喜欢艇仔粥的。

小时候,妈妈、爸爸会牵着他的小手走进一家粥铺,吃着最热乎的艇仔粥。新鲜的鱼、虾、蟹、螺和粥一起煮,味道很是鲜美。

后来,他在南江看到有主打艇仔粥的粥铺,去吃过一次,却不是记忆中那个味道。

有些味道大概只有在回忆里才能找到吧。

方烟茹说:"南江挺好的。我那一届很多人往那边考。我本来建议小茂也考南江的学校。不过,他昨天跟我说南江学校分数都高,他想考哈尔滨,离家越远越好,还说他想学经管类的专业,以后想在外地工作。"

她蛮喜欢南江的。

在南江那几年,她虽然忙,但很充实,而且她过得比较肆意,像一株蔓生的野草,在弯弯曲曲弄堂的一个小角落里,努力向阳生长。

一直以来,她挺犹豫要不要再去南江工作的。但如果方炆茂决定去外地读书、工作,不回来了,那她就不能走了。

他们姐弟之间,总要有一个人在家这边工作,照顾日益年迈的爷爷、奶奶,将来还要照顾爸爸、妈妈。

沐千山说:"要是小茂出去了,你就不会去外地了吧。"

他有些犹豫,说:"其实,你可以像我姑姑一样,在南江那边工作,日后把家人接过去。"

沐千山是更希望方烟茹能辞职,跟着他回南江。

可他也知道,方烟茹很在乎家人、在乎家乡。

不过,这到底是方烟茹的人生。他能建议,但不能左右。这些还是要方烟茹自己想清楚。

反正,无论方烟茹怎么选,他都是会支持的。

他们异地也行。虽然是辛苦一些,但只要他们两个人的心在一块,就可以的。

现在各方面节奏都快,但沐千山还希望自己的生活能是不紧不慢的。

他就想和方烟茹在一起,平安悠然地过余生。

方烟茹轻轻地说:"我本来也想这样的,可我问过他们了,他们都说不走。"

徽州这边安土重迁,很多人不愿意离开祖祖辈辈生活的地方,不愿意去陌生的城市。

方家长辈们不愿意离开,所以方烟茹和方炆茂之间必须有一个人留下照顾家里。

她安静了一会儿,说:"为我自己一个人过得更快乐的话,我一走了之肯定是最好的,自由自在嘛。但是,我有家人,他们以后

第十五章 温情

需要我,他们也希望是我能留下来工作的。"

方烟茹觉得,她都这么大了,总是要担负起一个家庭的责任来。

她应该怎么做,和想怎么做并不是一回事。在很多情况下,个人的想法并不能完全实现。这就是生活啊!

选择了人间烟火的安稳,就不能要大风大浪的起落。

人生就是一次又一次的选择,尽管取舍之间很艰难,但只要有选择,那么日子就是有希望的。

再平凡的花朵都能在任何一个安静的角落里独自绽放。

方烟茹扬起一个明媚的笑容,说:"我将来可以当公诉人呀,这是我学法学的初心。以前我们学校有模拟法庭,那个时候我就是做公诉人的。"

她觉得自己在这里才能实现自己的梦想。

南江那边检察官助理招录的报考条件很多都需要研究生,而且得应届生。她学历只是本科,应届生那年在南江考过,没有考上。

好在家乡这边报考条件不算高,她就顺利考进来了。

光是想想在公诉台上唇枪舌剑,守护公平正义,方烟茹就觉得很带感。

沐千山说:"那挺好的。反正现在南江距离这边很近,我有空回来就好。将来交通会越来越便利的。"

方烟茹问:"你今天就要走了吗?"

今天应该是沐千山在这里待的最后一天了。

临别在即,方烟茹突然觉得有一些不舍。哪怕知道南江与这里距离并不远,来往很方便,但是一想到沐千山要离开,不免有一些伤感。

这几天，家里主要的精力都在方炆茂高考上。多亏了沐千山一直陪着，不然她后头两天估计要自己一个人坐公交车到医院了。

虽然说，她自己一个人是可以的，但是有人陪着她、安慰她，她会更高兴。

方烟茹低着头，长长的睫毛动了动，说："和你再见也不知道是什么时候了。"

沐千山说："下午 5 点半的车，晚上大概 8 点半到。"

他也是恋恋不舍的。好在不当住院总医师后，假期会多一些。

过两周，他去调班，能有一天半的假期，就能过来的。

沐千山立即说："以后有一天半的假期，我就过来。"

再加上结婚后有探亲假，这样算下来，他一年可以来很多趟。

方烟茹说："我也有假期的，到时候我坐火车去你那里可好？"

总不能一直让沐千山一个人跑来跑去，他平时工作已经够忙的了。

沐千山说："好。"

他伸出手，紧紧地握住了方烟茹的手。

默默的温情在两人之间流淌。

没有特别激烈的情感，但有涓涓如细流般的温柔。

第十六章 笃定

方烟茹说:"小茂的成绩一直都不太稳定。发挥好一点,才能到本科线。"

她叹了口气,说:"妈不清楚,我有次去看他的时候,他就在玩游戏。他给游戏充值,问我要过 1000 块。我给他的时候,跟他讲,玩游戏要有一个度,不能沉迷其中的,也不知道他听不听得进去?"

方烟茹不反对方炆茂玩游戏。在紧张的学习之余,偶尔玩一玩,放松一下也未尝不可。但她不希望方炆茂无节制地玩,那就很耽误时间,影响学习了。

沐千山说:"没事的,我也玩游戏。从来没有因为玩游戏耽误过学习和工作。"

这方面,沐千山一直以来就有自制力,该学习就去学习,该工作就去工作。

方烟茹说:"现在就希望雨早点停吧。"

她看着沐千山,问,"你今晚回去吗?"

这个问题,其实方烟茹已经问过了。

沐千山很有耐心地说:"没办法,我也想在这里呀,但是假期到了呀。放心吧,一有假期,我就会马上赶过来的。"

随后,他拉着方烟茹的手,说:"你不用担忧的呀。"

很多时候,事情都是来得出乎预料。

但既然事情已经发生了,那就要选择去积极面对。

毕竟,办法比困难多。

方烟茹一脸崇拜地看着他,笑着说:"沐千山,我以前一直都想问你,你是怎么做得到,遇到什么事都不慌不忙、淡定从容的?"

她的手指不停地揪着手机挂件的穗子。

沐千山想了想,说:"经历吧。经历得多了,就慢慢好了。我一开始也不行,遇到自己没有见过的那种病的时候,心里很慌。但是,我知道不能慌,至少不能表现出来慌。如果我表现得很慌张的话,病人家属怎么办呀?"

作为新手助理,方烟茹在工作中遇到的都是很寻常的案件,绝大多数是事实清楚、证据确凿,又有大量现成的判例可以参考;相当于医学中的常见病,而且治疗方案很成熟、比较容易治愈。

而沐千山作为南江那边大医院的医生,面对的是来自全国各地的病人。到大医院的,大多数都是疑难杂症,可能还会有罕见病。

他等于是天天在钢丝上行走。

论工作压力,沐千山比她大多了。

在方烟茹记忆中,沐千山就几乎没有准点下班过,绝大部分时间都待在医院里。

他是真的很忙很忙,已经尽可能抽出时间来陪她了。

沐千山笑了笑,伸出手,摸了摸方烟茹的头。

这样就很好。

第十六章 笃定

两个人能安安静静地在一起，没有任何意外。

其实，没有意外的时光就是最好的日子。

没有什么比平安更重要了。

方烟茹腼腆地笑着。

她跟沐千山差不多定下来了，过一阵子就着手装修房子，然后同步筹备婚礼。

快一点的话，他们年前能办好。

他们走到一起，真的挺顺利的。

别的恋人之间遇到的那些磕磕绊绊，他们都没有遇到。

这样很好啊，能够顺顺利利去结婚，没有什么意外，是平平静静的幸福。

虽然说少了一些激越的热情，可方烟茹知道，要是一直能这样顺随就已经很好了。

沐千山说："我不在的时候，你要好好照顾自己。你病才刚刚好，还是需要多休息的。"

方烟茹说："知道的。"

沐千山叹了口气，说："什么知道啊？你要做到！你现在真要多休息的。身体是你自己的。"

他犹豫了一下，说："要不，我想办法去杭州那边工作。这样距你近一点，以后有事回来方便。"

方烟茹说："不用啊，现在交通很方便。"

沐千山说："可南江确实远了一点。"

方烟茹看了他一眼，笑了笑，说："不用啊！你现在的工作就很好。反正也不远呀！不用为我放弃什么的。"

沐千山说："我是认真的。"

方烟茹说："我也是认真的啊！真不用的。你现在挺好的。"

她说："还有，沐千山，我差不多就在这里了。"

犹豫了很久，方烟茹觉得自己更倾向于留在徽州。

这几天，她猛然发现方妈妈头发里有不少白发。

每天，方烟茹都见得到从早到晚都在忙碌的妈妈。好像妈妈都不知疲倦，为了一大家子操心，像个陀螺一样，手上的活儿从不停歇。妈妈再苦再累，也没听见她说些什么，就像一棵大树一样，一直矗立在家里，为他们挡风遮雨。

但最近，方烟茹却越来越真真切切地认识到，她那无所不能的妈妈老了。在方烟茹不知道或者说是没有留意的时候，妈妈头发花白了。

妈妈一个人撑不住了，该是她站起来，承担起家庭的责任了。

放弃繁华的都市，人生会少了很多精彩，是有些许的遗憾。但照顾家人，是她必须要做的事情。因为这里就是她的家，这里有她需要去守护的家人。

可是，她一旦选择常住这里，沐千山怎么办呢？

虽然沐千山说她在这边工作也可以，但是他的话里头，有一个"也"字，是退而求其次的选择。

方烟茹知道，沐千山更希望她能回南江那边工作，这样，两个人就不用异地。

毕竟，两个人在异地都是要辛苦些的。

而沐千山，大可不必这样辛苦。

以他的条件，能找到更合适的人。

可沐千山坚定地走向她，方烟茹也愿意高高兴兴地迎上去。

沐千山扶了扶眼镜，轻轻地说："没关系啊！我会常来的。其

第十六章 笃定

实,我真舍不得走。小茹,我好想时间过得再快一点,可以马上到我们结婚的时候。"

他挺想早点结婚的,早点和方烟茹有一个温暖的家。

他一个人已经往前走了 99 步了,很希望方烟茹也能同样热情地回应他。

他笑着说:"我过两周再来看看你吧。"

方烟茹说:"不用啊。"

沐千山这样来来回回地跑确实很累。

她总觉得一直让沐千山跑过来不大好。

沐千山问:"不是说好的吗?有空,我来跑。"

他一有时间,就喜欢和方烟茹相处,并不觉得这样来回奔波很累。

方烟茹说:"沐千山,等过些日子我忙完了,去南江找你可好?"

不管怎么说,当下是最要紧的。

既然她和沐千山是互相喜欢,那就继续往下走吧!以后遇到困难,以后再说。这一刻,她不去想太多,就想和沐千山好好地在一起。

方烟茹眨了眨眼,笑眯眯地说:"我挺想再去医院那边的甜点店坐坐,不知道他们家有没有出新品,我一定要去尝尝。"

沐千山一听,喜悦在心头弥漫,说:"你要过来啊?大概什么时候来?"

方烟茹说:"估计下个月。"

那个时候,日子应该都步入正轨,她就会有空了。

方烟茹不想再遇到各种小概率的事情了。

生活,还是平顺些好。

她很喜欢这样笃定的感情，没有患得患失，有的是明确的态度、坚定的选择。

雨后的天空，澄澈干净。

方烟茹下午回来的时候，方炆茂已经在房间里看书了。

方妈妈忧心忡忡地说："小茂回来哭了一通，小茹，你快去看看他。"

方烟茹便来到了方炆茂的房间外，敲了门。

过了一会儿，方炆茂才开门。

他的脸上有点慌张，闷闷地说："姐。"

这几年，方烟茹在外面读书、工作；方炆茂是中考，现在又高考，姐弟俩很少有时间多谈谈。

方烟茹说："小茂，我可以进来吗？"

方炆茂"嗯"了一声。

于是，方烟茹走了进去。

虽然姐弟就住在隔壁，但她这些年进方炆茂房间的次数不多，只见屋子里还是很凌乱，书本和卷子这里丢一些、那里堆一些；衣服、袜子揉成团，丢的到处都是。

看方炆茂没有开口的意思，方烟茹便主动说："我帮你理一理吧。"

她整理书和卷子，说："今天就别看书了，休息一下，明天继续轻松上阵。"

然后，方烟茹捡到了几个纸团，上面写着字还有一些数字，看起来像是草稿纸。她没有在意，随手丢进了纸篓里。

方烟茹抬起脸，见方炆茂神色很紧张，就安慰他，说："我也高考过，确实紧张，不过还是要镇定下来嘛！相信你一定可以的！"

第十六章 笃定

方炊茂突然说:"姐,你能……"

他停顿了一下,咽了咽口水,目光躲闪,说,"你能别劝了吗?老师都已经劝了两遍了。下午数学好几道大题做不出来,那就做不出来吧。反正考过丢过。明天,我会好好考试的。我还想考去哈尔滨呢!"

方烟茹总感觉方炊茂的神色和平时不太一样,像是有什么心事。但高考期间,方炊茂有些反常也是正常的。

她说:"那你好好休息一会儿,等下就下楼吃饭吧。奶奶做了糖醋排骨,还烧了红烧鸡。"

方炊茂说:"好,我一会儿就去。"

等方烟茹走后,方炊茂又锁上了门。

他从抽屉里摸出了自己的手机,屏幕正亮着,显示着游戏的界面。

第十七章　普法

沐千山走后,方烟茹的日子也回到常态。

她填完了一个案子的案卡,然后翻着新到的卷宗。

看了一遍卷宗后,方烟茹感叹道:"这也有人装啊!"

这个案子案情很明了。

今年3月底,一个男人因为手头拮据,就来到烟草专卖局,找到他的同乡借钱。

正好同乡从外头执法回来,把行政执法证和烟草专卖执法检查证放在桌上。

趁着同乡忙着接电话的工夫,这个男人就悄悄地把证件拿走了。他想着县城周边店主警觉性比较高,容易被识破,就坐车去偏远山区,打算骗点钱。

男人在证件贴上了自己的照片,然后来到了一个乡里的一家烟酒零售商店。见店主是个老汉,他便进店亮出变造的证件,宣称要把香烟带走进一步检查。老汉信以为真,就把香烟给他了。

一天之内,这个男人用同样的办法,骗了4个店主的香烟。等他骗到第五家的时候,被当场识破并抓获。

第十七章 普法

经鉴定，这个男人共骗取香烟 31 条，价值 9000 元。

方烟茹说："还是要多去普法。"

那些店主大概是不清楚执法的相关规定。

执法人员检查或核查时至少得两人，得向当事人出示证件，说明检查或核查的要求和目的，执法行为必须按照程序进行。

只要知道这个规定，这个男人的骗局就不难识破。

刘嘉说："所以要经常以案释法啊！"

方烟茹点点头。

刘嘉笑着说："明天的普法，你去讲讲看。"

方烟茹说："啊？"

刘嘉递给她一份讲稿，说："讲稿有的，PPT 也有。"

现在普法活动多，大家都需要参与。

明天的活动是去山区留守儿童之家普法。

方烟茹说："哎呀，有点小紧张。"

刘嘉笑了，说："讲讲就好了。"

方烟茹说："那我准备一下，熟悉内容。"

虽然不需要全程脱稿，但为了普法课堂效果好，方烟茹认为最好能记得住。

刘嘉说："口语化一点啊。留守儿童之家的孩子大部分很小。"

方烟茹说："好。"

晚上沐千山打来视频电话。

方烟茹说："你终于忙好啦！快看看我讲得怎么样？提点意见！"

她下午念了几遍，回家又对着镜子讲了一遍，自己觉得还是讲得不够流畅。

沐千山说:"好啊,我听听看。"

方烟茹调整了一下表情,开始试讲。

她温柔地说:"小朋友们好!"

才说了这一句话,方烟茹看了一眼沐千山,"扑哧"一声笑出来,捂着脸,说:"哎呀,我看到你,突然就说不下去了!"

沐千山笑着说:"那就不说呗。小茹,毕竟,我不是小朋友,我是男朋友嘛!"

方烟茹说:"哎呀,不行啊,我不能笑了,得练习一下,明天都要上课了,我还背不下来。"

沐千山说:"好啊!那就请方老师开始上课。"

他原本躺着,马上端端正正坐好。

方烟茹笑着说:"我还是好想笑。不行,对着你,我真讲不出来课。"

沐千山也笑起来,扶了一下眼镜,说:"那你就直接上呗!我相信你。小场面,不要慌。"

方烟茹说:"那哪里行,我还得练习一下。"

她调整了一下情绪,然后讲起法治课来。

沐千山认真地听了一遍。

他说:"法律术语多了一些,你看看能不能说得通俗易懂一点。"

方烟茹说:"啊?还不够口语吗?"

沐千山说:"不够啊!如果是大一点的孩子,理解起来肯定没有问题。你中午也说了,那里大部分是幼儿园的小朋友们。你要说得再形象一点。"

方烟茹点点头,说:"那我再去改一遍底稿。"

沐千山说:"好啊!你慢慢改。我也看看书。"

第十七章 普法

他把手机放在手机支架上,然后拿出枕头边的书看起来。

沐千山看了几页之后,抬起头,见方烟茹坐在电脑前敲击着键盘。

有几缕碎发在她的额前飘下来。她抬起手,撩了撩头发,手腕上正戴着沐千山送的手镯。

这大概就是方烟茹工作时的神态吧,认真且专注。

沐千山突然想起了一个词:眉目如画。

安稳的月夜,他这样安安静静地看着方烟茹,心里暖暖的,是说不尽的欢喜。

要是能一辈子这样就好了。

他的嘴角浮出甜蜜的笑容。

方烟茹猛地抬头,就看见沐千山在目不转睛地看着自己。

她觉得自己的脸烫起来,下意识摸了摸自己的脸,羞涩地一笑,说:"沐千山,我差不多改好了,你再听我讲一遍吧。"

沐千山说:"好。"

这一刻,沐千山突然觉得3个小时的高铁距离还是远了。

他很想来到方烟茹的身边,在现实里握住方烟茹的手,而不是只能隔着屏幕说话。

可现在,他做不到。

两地之间的距离,工作的忙碌,让他们不可能时时刻刻都能腻歪在一起。

沐千山算过,平均下来,他两周能跑一趟。

这世上好像就没有十全十美的事情。沐千山真的希望方烟茹能到他这边工作。

可他也知道方烟茹在乎她的家人。对于工作,她也有自己的执着。

那他就先跑着。

第二天,天气很好,阳光热烈,湛蓝的天空里飘着大朵的白云。

盛夏的皖南山区,树木葱茏,生机盎然。

山村里很多年轻人都外出打工,留下的人大部分是老人和孩子。

留守儿童之家在村中心,由县妇联牵头、村里承办,是以前老祠堂改造的,大门掩映在参天古木后。

村里3岁以上的孩子白天都能放在留守儿童之家。这里共有12个孩子,大部分是3—6岁的。

方烟茹他们三个人抱着普法宣传展板和资料到的时候,几个孩子正在老祠堂前的晒谷场上跑来跑去。

正是早稻收割、晚稻插秧的季节,村里能干农活的村民们都去田里忙了。

晒谷场一半的地上都晒着金黄的稻谷。

看到方烟茹他们,孩子们都跑进祠堂里,有一个三四岁的孩子躲在树荫下,一双圆溜溜的大眼睛转来转去,好奇地打量着他们。

留守儿童之家的吴老师走出来,抱起了孩子,对着方烟茹他们笑着说:"欢迎你们啊!"

吴老师以前是镇里学校的老师。

她退休以后就一直在村里义务带孩子。

方烟茹他们跟着吴老师走进去。

走近留守儿童之家的大门,首先看到的就是天井。再往前是正

第十七章　普法

堂，里面匾额和楹联还在，字迹模糊了许多。

正堂现在是教室，摆了黑板、讲台、课桌、椅子。

一台落地电风扇正吹着风，角落里还点着蚊香。

方烟茹他们便把普法宣传展板就摆在天井这里。

有孩子好奇地凑过来看。

最大的一个孩子问："这个是做什么的呀？"

方烟茹笑着说："小朋友上几年级了呀？这上面的字认识吗？"

孩子说："我都上二年级了。"他往展板看了两眼，说："有的字是认识的。我认识很多字呢！"

方烟茹指着展板上的"法"字，问："那这个字认识吗？"

孩子说："法。"

方烟茹笑着夸奖，说："真棒！就是法治的法字。这些展板上讲的都是法治小故事。"

她蹲下来，看着孩子，柔声说："你觉得，随便打人对不对呢？"

孩子说："不对啊！"

方烟茹接着说："你讲得很对！就是不能随便打人、欺负别的小朋友的！你面前这个法治故事讲的就是一个大哥哥，一不高兴，就随便打人，然后被抓起来的事。今天，我们来就是给小朋友们讲法治故事。等一下我们会有法治小游戏，答对了会有奖励哦！"

小朋友们眼睛都亮起来了。

这次活动分为两个部分，方烟茹负责讲"如何用法律保护自己"，另外两个同事负责法治小游戏。

方烟茹走上讲台，小朋友们也回到自己的位置上坐好。

她打开了PPT，页面上写了"预防校园欺凌"6个字。

然后，方烟茹开始讲课，说："小朋友们好，我是来自检察院

179

的方老师,来讲法治课。今天,我们就说一说,我们小朋友用法律该怎样保护自己。"

看着孩子们一双双清澈见底的眼睛,方烟茹音调更加轻柔,说:"小朋友们,我有一个问题要问大家,如果遇到有人打你们,你们会怎么办?"

小朋友们说:"告诉老师呀!"

方烟茹用力地点点头,说:"大家回答得非常好!在学校里,小朋友们被打了、被欺负了,要立即跟老师、爸爸、妈妈说!然后,大家再说说看,在学校里还遇到哪些事,小朋友们是要立即跟老师、爸爸、妈妈说的呢?"

她一边说,一边翻了一页PPT,里面有两行字,一行写的是"校园欺凌的表现形式",另外一行写着"身体欺凌、语言欺凌、心理欺凌"。

方烟茹在讲的时候,把大量专业术语都替换成了通俗易懂的表述。

孩子们七嘴八舌地说起来。

"扯头发!"

"推别人。"

"咬别的小朋友。"

她等孩子们没有再说新的答案后,便提高了音量,温柔地说:"小朋友们真棒!在学校里,我们不能打人、咬人、推人、扯别的小朋友头发。除了刚才小朋友们提到的这些以外,我们能不能去吓唬别的小朋友呀?说我要打你啊?或者去骂他们呀?大家能不能这样做呀?"

"不能!"

第十七章 普法

方烟茹继续问:"那能不能让别的小朋友把他的玩具呀、零花钱呀,交给你呀?如果他们不给?就骂他们、打他们呀?"

"不能!"

方烟茹说:"对!自己的东西要珍惜,别人的东西更不能拿!"

她举起一张图,上面是她打印的一张彩漫画,画着一个小朋友向另外一个小朋友索要玩具,上面画了一个大大的红叉。

然后,方烟茹又举起一张图,里面画着两个小朋友一起玩玩具。

她说:"想玩别的小朋友的玩具,要别的小朋友自己答应呀!大家开开心心一起玩!不能争抢玩具哦!"

孩子们异口同声地说:"好!"

方烟茹再次举起一张图,说:"那小朋友们,能不能给别的小朋友起不好听的外号呀?"

最大的孩子说:"我们班有!大家都喊他肥胖子。"

方烟茹说:"那你觉得这样子做好不好呢?"

最大的孩子有些犹豫,说:"可是大家都叫他肥胖子呀!"

方烟茹说:"如果你是那位同学的话,你被这么叫,你会不会难过呢?"

那个孩子猛点头,说:"会啊!"

方烟茹循循善诱,温柔地说:"给别的小朋友起不好听的外号也是校园欺凌的一种形式,不能做的哦。"

她再次举起一张图,里面画着两个孩子嘲笑另外一个矮矮胖胖的孩子,旁边也是一个大红的叉。

方烟茹说:"小朋友们,以后不这样做,好不好呀?"

孩子们说:"好!"

方烟茹再举起一张图,里面是 5 个孩子手拉手,留下一个孩子背对着他们、孤零零蹲在地上哭,旁边依然是一个红叉。

她说:"小朋友呀,在学校里,大家也不能一起不和一个小朋友玩哦!大家都是好朋友,要一起学习,一起进步!"

这些图是她准备的教具。她把展板上的一些法治漫画打印下来,然后贴在硬纸壳板上,这样会更加形象直观,告诉孩子们什么是校园欺凌,遇到校园欺凌怎么保护自己。

讲好了"如何预防校园欺凌",方烟茹又讲解"如何预防性侵害"。

她说:"我们小背心、小短裤覆盖的地方是不能给别人摸的!如果有人要摸你们的话,一定要跟老师,爸爸、妈妈讲哦!"

孩子们说:"好!"

方烟茹说:"我们要学会用法律保护好自己!"

孩子们的心灵是白纸,她用通俗易懂的话讲这些法律常识,在这些稚嫩的新芽心里也种下法治的种子。

第十八章　南江

六月底，高考分数出来了。

方炆茂的分数只比文科本科线多一分。

方家人对他的分数很满意，毕竟已经上了本科线，但很快，填报志愿时就犯了难。

方炆茂这个分数实在是不好填志愿。

大部分本科学校的分数线，他是肯定达不到的，只能考虑民办本科的冷门专业和专科院校的热门专业。

现在有志愿填报的参考小程序。

方烟茹搜了后，说："填黑龙江、新疆、山西、广西那边的本科还有些把握。"

方炆茂说："那就黑龙江吧，我想去哈尔滨。"

他后悔之前把很多时间花在游戏上，要是能认真地多看些书，说不定高考会多几分，现在填志愿就不会那么纠结了。

方家人围在旁边，紧张兮兮的。

方烟茹说："哈尔滨就两个学校可以填，哈尔滨剑桥学院、哈尔滨石油学院。不过都得填专业服从调剂。"

她犹豫了一下，说："专科学校你要不要也看一下？有些热门专业找工作还是不错的。"

方炆茂便去看专科学校。

方妈妈说："还是看本科吧。现在考个编都要本科。"

只看本科的话，方炆茂真没几个学校可以填。

他看了好一会儿，不知道该怎么填，就悻悻地把手机往旁边一丢。

方烟茹很有耐心地列了一个表，把可能填报的学校写了出来，标注了近三年的历史录取分数。

她说："目前，就这几个。专业就不能挑了。不过，大部分大学里是可以转专业的，一般大一下学期有一次重新选择的机会。但转专业的条件很严苛，绝大部分对绩点或者分数要求很高。"

现在都很公开透明，大学的官网会有学校的规章制度。

然后，方烟茹就去那些大学官网里查询转专业的相关规定，再把情况标注到学校后面。

她说："转不了专业也不要紧，还可以选择考研提高学历。"

方炆茂说："我不想往上考了。大学毕业后我就工作。"

方烟茹笑了笑，说："你也别急着决定，那些等你到了大学再说呗。"

方爷爷和方奶奶也都在看学校。

方爷爷说："哈尔滨太远了，我们这的大学能不能去啊？"

方炆茂神态怏怏的。

方烟茹说："我们这儿大学去年的录取线比本科线高至少20分。"

方爷爷听后便没说话。

第十八章　南江

方奶奶眼角湿润着，抹了一把眼泪，喃喃地说："这些学校都太远了，太远了。"

方妈妈的眼圈也红了，说："小茂以后放假回来好不方便啊！"

方烟茹读大学的时候，方家人感觉还好。

南江到徽州当时就有直达的汽车，5个小时就到了，后来还有高铁，回来就更方便了。方烟茹基本上逢假必回，每个月都能回来一趟。

可现在，方炆茂能报的学校，每一个都很遥远。他肯定不能经常回家。

方炆茂满不在乎地说："这有什么！"

他挺想考得远一点的，越远越好。

方炆茂想看一看与徽州不一样的风景，黑龙江也好，新疆也好，山西也好，广西也好，只要够远，他都愿意去。

18岁，人生刚刚开始，梦想很闪亮，生活很遥远。

他要背起行囊走天涯，活得潇潇洒洒。

方炆茂对远方的生活充满了向往。

周六，方烟茹坐高铁去南江。

她刚出高铁出站口，就看见沐千山站在那等。

沐千山挥了挥手，笑容满满，说："小茹，这里。"

方烟茹跑了过去。

隔了有一年多没有来南江，这里还是那么热闹。

沐千山说："在哪里吃饭？是在这附近，还是去别的地方？"

地铁附近有很多连锁餐饮店。

方烟茹说："我不饿，我们到你宿舍或者医院附近吃吧。"

185

那里她更熟悉一些。

沐千山说:"好啊!昨天夜班,我今天就没开车,我们走吧。"他递过去一杯刚买的常温奶茶。

方烟茹接过,吸了一大口,心里很满足,笑着说:"好呀!"

奶茶是不能带进地铁里的,她很快就把奶茶喝掉了。

沐千山说:"慢点喝,不急的。"

方烟茹说:"正好也口渴了嘛。回去的票没有订,明天再说。"

回那边的高铁票和汽车票都很多,明天随时买随时可以走。

沐千山说:"行,我明天一天放假,没票的话我开车送你回去。"

他看了一下地图,这个点过去,他们到医院附近 12 点半不到,不耽误吃饭。

沐千山笑着问:"有什么特别想吃的吗?"

方烟茹说:"我想吃医院旁边那家重庆鸡公煲里的排骨煲。"

她看着沐千山,问:"昨天夜班忙不忙啊?下午你要不要先回宿舍睡一觉?"

沐千山的精神还好,笑着说:"都习惯啦,没事儿的。"

他看着方烟茹,有个问题想问,又不好意思问,就扶了扶眼镜。

"我这次来,没跟以前的同事们说。"方烟茹红着脸说,"不然,他们肯定要开玩笑。"

他们去坐地铁,先坐二号线再去转六号线。

现在很方便,方烟茹用手机就可以扫码进地铁站。

往市中心那边去的地铁车厢里满满当当,都是人,一路上不断有人上下车。

明明冷气很足,但沐千山和方烟茹挨在一起,心跳得很快,觉

第十八章　南江

得自己浑身都热起来了。

他瞧了瞧方烟茹，觉得她真好看，在人群里就是闪闪发光的存在。

刚出地铁站，沐千山的电话响了。

他一看是姑姑打过来的，就接了电话。

沐千山说："姑姑。"

沐姑姑说："超超啊，你接到你女朋友了吧。晚上要不要一起吃个饭呀？你爷爷也要去的。"

沐千山没有心理准备，说："接到了，不用那么麻烦了！"

沐姑姑说："要的，要的。你爷爷很高兴的，晚上你带你女朋友一起过来吃个饭见个面哈！"

这些话，方烟茹也听到了。

沐千山就去看方烟茹，见她点点头，便说："好啊。"

沐姑姑报了地址，是大悦城那边八楼的一个餐厅。

等沐千山挂了电话，方烟茹说："我要带什么礼物过去呢？"

第一次去见沐千山的家人，她有一点紧张。

沐千山笑着说："我们先去吃饭。他们很好相处的。"

医院附近有很多餐饮店。

方烟茹边走边看，说："有几家关了啊！又新开了几家。"

第一眼看去，这里好像和以前没有什么区别；不过仔细看了看，方烟茹还是能发现其中细微的变化。

沐千山说："还是去重庆鸡公煲吃排骨煲吗？"

方烟茹心里甜丝丝的。

她总是被沐千山放在心上，她能在相处的细节里感受到他不经意的暖意。

方烟茹抿嘴一笑,说:"要啊,要个大份的排骨煲,里面加点豆腐和金针菇。"

她记得沐千山不爱吃辣,便说:"不要辣的。"

两个人高高兴兴地吃着饭。

店里的空调开着。电磁炉上的砂锅里炖着排骨,排骨咕噜噜地翻滚着,散发着浓浓的酱香味。

方烟茹把豆腐放进去煮,说:"沐千山,你喜欢吃豆制品吧?这个豆腐你多吃点。"

沐千山眼睛更亮了,说:"对啊!"

他很高兴,方烟茹也能记得住他喜欢吃什么。

所有的付出,都得到了期待的回应,沐千山觉得神清气爽。

他倒了一点汤汁在米饭上,夹了两块豆腐,又夹了一块排骨,开心地吃着,觉得碗中的每一粒米都很香甜。

两人三餐四季,就是一生一世。

平平常常的食事,充满着烟火味,就是人间最值得的清欢。

方烟茹认真地说:"沐千山,我等下去买点什么合适呢?第一次见你爷爷和姑姑他们,肯定要带点礼物的。你平时看他们带什么呀?"

沐千山想了想,说:"我平时差不多一个月去吃一次饭吧。过年过节会带点礼物,买过营养品、牛奶什么的,就是尽点心意。"

两个人商量了一番,决定买一束漂亮的花。

沐千山说:"小茹,你放心啦。我跟他们说过的,爷爷、姑姑他们都为我们高兴呢!"

和方烟茹结婚这件事,他早就和家里人提了。

方烟茹是他心甘情愿的选择,他们都祝福。

第十八章 南江

虽然都说,结婚是两个家庭的事,但说到底,最终还是当事的两个人在一起生活。

只要两口子能一心一意、踏踏实实地过下去,即便遇到点什么事,也都是小风小浪,将来的日子会越过越顺的。

果然,在晚餐上,方烟茹受到了沐家的欢迎。

沐爷爷给方烟茹塞了见面礼,更是笑得合不拢嘴,说:"千山啊,你可要好好待人家啊!"

方烟茹觉得自己实在是很幸运,在最好的年纪,遇到了她值得用一生去牵手的沐千山。而且他们走到一起的过程更是简单,几句话就能交代得清清楚楚。

以后他们的生活,也是可以预见的稳定。

虽然说她和沐千山之间的故事很简单,少了一些激烈的情绪起伏,和轰轰烈烈的爱情不沾一点边,但是真的很平顺呀。

其实,他们能顺利地读书、工作、相恋、结婚、生孩子,然后平平安安地过完这一生,就已经很好了。

平安喜乐,能够一直平安,就是喜乐。

南江的夏夜,有轻风,有几分清爽。

沐千山和方烟茹走在外滩。

此岸是江边漫步的人群,热热闹闹的;对岸是林立的高楼大厦,彩灯绚丽,一派繁华。

有游轮在江上缓缓驶过,鸣着笛,夹杂着欢笑声。

这人世间,喧闹而美好。

沐千山牵着方烟茹的手,慢慢地走着。

他红着脸,笑得很灿烂,说:"早就想牵着你的手一起散散步了。"

方烟茹也是脸上绯红，含羞笑着说："以后都可以呀！"

沐千山握着方烟茹的手紧了几分，小声说："等下，小茹，你打算住哪里？"

他心里的那团火越烧越旺。

方烟茹甜甜地笑说："我在我们以前宿舍那边定了一个酒店。这里过去近，坐二号线就可以了。"

这边的地铁会运营到深夜。

他们可以在江边多散一会儿步。

与一人，伴一生，沉如水的夜色里都是和畅的惠风。

这风是吹到心里头去的，是又轻又软又甜的梦。

而梦是温婉的，带着些许的缠绵。

就是这样的相聚实在是太短暂了。

明天，方烟茹得坐高铁回去。

她希望时间过得再慢一点，每一秒都能拉成细长的丝线，让牵手的这一刻能停留得更长些。

方烟茹微微抬头，笑着说："沐千山，今晚夜色真美。"

这里，方烟茹明明来过很多次了，但她今天特别有感觉。

因为沐千山就在身边，她觉得今日的外滩景色格外让人沉醉。

静谧的美好时光，温柔了她的平凡岁月。

沐千山静静地看着方烟茹，目光温柔，心荡神摇。

他定了定神，很突兀地说："下次见面，我们就领结婚证好不好？"

他一直很想早点和方烟茹结婚，想要和她有一个确定的好结局。

方烟茹"啊"了一声，低着头，羞涩地笑了笑，然后抬起头，

第十八章 南江

轻轻地说:"沐千山,听说异地会很辛苦的。其实,你可以选择更轻松一点的日子。"

这是她心中一直的疑惑。

以沐千山的条件,他肯定能在南江找到一个更好的女孩子。

可为什么沐千山要非她不可呢?

沐千山的脸发烫,心里是抑制不住的喜悦,笑着说:"我也不知道为什么,我就是想和你结婚呀!"

方烟茹说:"我很普通的,这辈子估计也不能干出什么惊天动地的事情来。"

她在皖南县城里,工作平凡,不能算特别优秀的人,这些年,也没有遇到值得大说特说的事情。

有时候,她觉得普通的自己根本配不上沐千山。

沐千山笑着说:"我也很普通呀!挣的钱也不算多,也不太会说好听的话哄女孩子开心。有时候我想到什么就说什么了,挺直接的。而且我工作很忙,大部分时间都在医院里,后面估计会越来越忙。我有时候怕自己以后没有那么多时间陪着你。"

他郑重其事地说:"小茹,我们结婚吧!"

茫茫人海里,其他人再好都不行,只有是方烟茹才可以。

沐千山就是喜欢她。

他的满眼是星河,而每一颗星星上都是她的身影。

无关乎条件,而是因为在沐千山的心中,方烟茹是独一无二的。

他就是想和方烟茹手牵着手,走到地老天荒的远方,一起看这一世的风景。

方烟茹抬起脸,认真地看着沐千山,看了好一会儿,仿佛要把

|烟火暖千山|

此时此刻的他深深记在脑海里。

过了很久,她轻轻地说:"好。"

相聚时光总是那么稍纵即逝。

第二天,依然是响晴天。

盛夏时节,下午7点,晚霞漫空。

列车一路向南,渐渐驶入暮色中。

方烟茹托腮看着列车窗外,入目满眼山色青翠,晃成了虚影。

高铁速度快,她又快到家了。

现在的方烟茹,心里多了一份牵挂。

也不知道沐千山正在做什么。

两个人才刚见过面,可方烟茹见不着他,就又想念了。

她真就是好想,抑制不住去想,就像想一串美丽的风铃,又像想一句写在千纸鹤上隽永情思的诗。

他们聚了又散,如云卷云舒,似花开花谢。

绵绵的思念是她平凡人生的亮色,闪耀着贝壳般的光芒。

方烟茹仿佛置身在江边,被一阵阵江风吹着,吹来别离时淡淡忧伤。

可再想沐千山,她都得回去上班。

现实不是偶像剧,方烟茹没有主角光环,有的是细碎而普通的平凡生活。

总要为柴米油盐操心,总要面对烦琐的工作日常。

不过,她很愿意。

这份工作是她的选择。

方烟茹是学法的,有法治情怀。

第十八章 南江

当好一个公诉人本就是她学法的初心。

方烟茹很高兴能在一个又一个普通的案子里实现公平与正义。

手拿规尺,以法为媒,丈量法律人生,默默守护万家灯火、人间温柔。

方烟茹打开手机。

刘嘉发来微信:"明天早上早点到,8点准时出发去提审。"

她回复了一个"好"字。

她的工作日常就是办案。

每一天都是差不多的。

但是每一天又是不一样的。

细微的差别填满了她的淡然时光。

谁说普通就没有意义?

谁说总是平安就不好?

在无数个忙忙碌碌的平凡日子里,方烟茹一点点地努力,办好小事小案,做自己该做的事情。

她又看了看窗外,外头光线更暗了。

夜色降临。

这样的夜晚,思念在悄无声息地增长,如水草般缠绕着方烟茹年轻的心。

她真的很想和沐千山天天在一起啊!

第十九章　值得

隔着铁栏杆，面前的是一个年轻的女孩子，看着和方烟茹差不多的年纪。

无论刘嘉怎么问，她就是不说话，神色淡漠地看着眼前的桌子。

在公安，她就是零口供。

刘嘉问得口干舌燥。

女孩子却是冷冷地说："不知道。"

她涉嫌诈骗罪，在皖南山区专门骗农村大龄未婚男人的彩礼。

等到彩礼钱到手后，她就找个机会逃跑，已经骗了3家，诈骗金额16万元。

警方是在她诈骗受害人的过程中被抓获的，其他证据都很完整。

即便她什么都不说，也不影响案件的办理。

刘嘉换了一个问法，说："你和微信昵称为'明哥'的人到底是什么关系？"

这种骗婚案子，一般不会只有一个人在行骗。为了让受害人相

第十九章 值得

信女方就是真想和他结婚，会有人扮演女方亲属的角色，让场景很逼真。

刘嘉提前介入，看了案卷后，提出建议后，公安那边已经补充侦查到位了。

然后一个微信昵称为"明哥"的人进入了刘嘉的视野。

明哥和女孩子在微信上以"老公""老婆"互相称呼，天天打情骂俏的。

两个人之间有大笔的金钱往来。

女孩子还是一声不吭。

刘嘉说："你把事情经过再讲一遍。"

女孩子低着头，"哼"了一声。

方烟茹第一次遇见，在确凿的证据面前，居然还有人不肯认。刘嘉说："为了一个男人，你值得吗？认罪认罚是可以从宽的。"

女孩子很不耐烦，一字一顿地说："我不知道！"

问了2个小时，刘嘉即便出示了微信聊天记录截图，可女孩子依然不肯说。

他说："那你就签字吧。"

女孩子很快就签字按下了手印，满不在乎地说："天王老子来问，我也是不知道。"

那个"明哥"已被警方抓捕归案了。

刘嘉和方烟茹提审他时，他的画风和女孩子大相径庭。

男人哭得稀里哗啦的，说："那个女的骗我的。我也倒霉，遇到她！她和我谈朋友，叫我去她几个朋友家里坐坐，我就去了啊，哪里知道她搞这些名堂！我真是倒霉啊！"

他哭得一把鼻涕，一把眼泪的，把责任都往女孩子身上推。

195

听到这里,方烟茹也反应过来了,她围观了一场"痴情女子负心汉"的戏码,女方为情所困,男方只谈利益。

出来后,方烟茹看着外头的蓝天白云,夏日灿烂,然后叹了一口气。

于她,只是一个案子。

但是,当事人来说,就是人生。

作为旁观者,她看得清楚,有的当事人,真的对自己的人生不负责。

下午,方烟茹也很忙,跟着刘嘉出庭。

一个刚满18岁的女孩子,涉嫌盗窃罪。

案情很简单。

这个女孩子是一家美容店的收银员,交了一个男朋友。她为了给男朋友买手机,偷了店里1万块钱。

方烟茹注意了一下,庭审的时候,来旁听的家属只有女孩子的父母。女孩子的妈妈掩面哭泣,爸爸也红着眼圈。但并没见到女孩子的那个男朋友。

从这些细节里,方烟茹大概就知道是什么剧情了。

方烟茹在心里叹气。

她们真是不值得。

每个人都应该努力成为更好的自己,而不是为了别人坠而入深渊。

人生没有重启键。

有些错误的代价实在太高昂。

回到办公室,方烟茹还是闷闷不乐的。

她说:"她们到底怎么想的啊?"

第十九章 值得

刘嘉笑了笑，说："她们以为遇到了爱情。"

方烟茹有些无语。

这两个女孩子哪里是遇到了爱情，分明是遇到了劫难。

原本，她们本可以有更好的生活。

但现在，她们为所谓的爱情付出了高昂的代价。

她们的人生已经七零八落。

晚上，沐千山和方烟茹打视频电话。

隔着屏幕，他都能感觉得到方烟茹情绪的低落。

沐千山关心地问："怎么了？今天是不是遇到什么事情了？"

方烟茹看了他一眼，心里没来由冒出一股无名的火气，说："没事。"

方烟茹知道事情和沐千山没什么关系，但情绪上来了，她就是心里不高兴。

这个样子的方烟茹很反常。

沐千山继续问："小茹，到底怎么了？"

方烟茹闷闷不乐，说："真没什么事儿。"

沐千山越发肯定方烟茹真遇到什么事儿了。

他关心地说："小茹，你今天怎么不高兴啊？谁惹你生气了？"

方烟茹看了他一眼，口气里隐隐有点火药味，说："我都说了没有什么啊！"

话说出口，她觉得迁怒沐千山不对，但这股火憋在喉咙口，吐不出来又咽不下去。

她说："就是工作里遇到一些事。有的女孩子自以为牺牲很值得，把一辈子都搭进去了。"

197

她们以为的情比金坚，实际上就是巨大的笑话。

那些所谓的付出，根本就是不值得的，还让她们自己的未来布满阴霾。

也许将来，她们的脑子能转过弯来，但这个世上是没有后悔药的。

即便她们后悔了，也不可能彻底抹平过往。

沐千山听明白了，轻轻地说："小茹，我们只能尽力了。"

他停顿了一下，认认真真地说："我遇到过的。有的病人其实是可以救的，但是家属签字放弃治疗，我们劝说无效，就只能让家属把病人带走。我也很无奈。"

医生能治病，但看不透所有的人心。

在医院里有太多的故事，人性的复杂在这里展现淋漓尽致。

很多事情只是每个人的利弊取舍罢了。

年纪越大，沐千山越清楚每个人都不容易。

很多时候，就是各有各的难处，也怪不了谁。

不过，医者仁心。

无论遇到什么，沐千山都保持着良善，竭尽所能去面对他的每一个病人。

他说："我做我该做的事情，尽我医生应该尽的责任。"

方烟茹心情平复了一些，点点头，说："今天，我挺恨铁不成钢的。看到她们撞南墙，拉都拉不回头。"

沐千山说："你尽力就好。别给自己太大压力。我们要对工作负责，但不可能左右得了别人的人生。"

方烟茹叹了口气，闷闷地说："我很惋惜啊。明明可以不发生。即使发生了，也可有改过自新的机会。但都给她们认错的机会了。

第十九章 值得

真心认错,在处罚上也是会有考量的!而且……"

她抬起头,飞快地看了沐千山一眼,不高兴地说:"那些男的怎么能做到那么绝情?是不是你们男的都现实啊!"

沐千山有些懵了。她这个问题怎么回答?

沐千山没有经验,但他意识到不能简单用肯定或者否定她的观点来阐述。

就在他卡壳的2秒里,方烟茹半低着头,长长的睫毛动了动,说:"沐千山,我有个同学和她大学里的学长谈异地恋。他们谈了3年,本来讲今年结婚的。男方一定要她辞职一起去南江发展,说他是想要一个温暖的家,不想下班在出租屋里面对冷锅、冷灶。女方要男方回家工作,说自己不想每次难受了,得一个人去消化情绪;更不想生病了,还要孤零零一个人去医院。我同学说,她和对方吵了几次架,就分手了,可没到一个月,男方就在朋友圈晒结婚照,和别的女孩子去结婚了。现在我同学哭得稀里哗啦。是不是你们男的都这样,可以随随便便换人?"

方烟茹有一点委屈,如果沐千山就在她的身旁,就可以拉着他的手,黏着他,说说话,然后她心情会好很多。

可现在,她只能和沐千山隔着屏幕见面。

方烟茹在想他,就像想夏夜里的一颗遥远的星星,就像想星空下的一阵清风。

可再想,方烟茹也不可能现在就和沐千山见面。

他们之间还是远了点啊!

夜夜相思不如日日相对。

她知道的,既然答应了沐千山,那么她就要接受这一切。

远一点就远一点,至少他们两个人心在一块儿,都想把日子过好。

沐千山认真地说："小茹，我不是那样的人。我很坚持的。"

因为喜欢，所以心有期待且满怀热情。

沐千山微微抬眼，看见湛蓝天空的一角，遥远而又爽朗，仿佛白色鸽子忽然飞过，扑扇着翅膀，扇起心湖无数涟漪。即使明知道前方的路会艰难许多，但他还是忍不住继续去靠近她。

方烟茹眨眨眼，轻轻叹口气，说："我同学他们一开始也挺好的，经常朋友圈晒秀恩爱的照片。但现在，也就这样了。"

方烟茹本来就觉得自己不够优秀，配不上优秀的沐千山，现在更是患得患失的。

正因为和沐千山在一起时很甜蜜，她才害怕失去。她想要好的结果。

方烟茹的眉梢眼角上都带了几分惆怅。

沐千山看着心疼，真想长了翅膀，飞到方烟茹的身边。

他摸了摸屏幕上方烟茹的脸，温柔地说："我不会啊！我一直很坚持的。我特别想早点和你结婚。我们之前说好了呀！下次我过来，我们就去领结婚证。"

方烟茹的笑容还是很淡。

她的语气里有了些许的愁绪。她说："以后的事情谁知道呢？"

沐千山坚定地说："我们以后就是结婚啊！"

他的手心捏着一把汗。

这样的方烟茹他还是第一次见，该怎么去劝她，让她开心起来呢？

哄女孩子，他以前也没干过呀！

沐千山迟疑了几秒钟，终于灵机一动，换了一个话题，说：

第十九章 值得

"我们家装修设计效果图出来了。"

他赶紧把设计图发过去。

沐千山说:"整体设计里头是偏了一点中国风的,以简洁大方为主。你看看哪些地方需要改进的?我记得你以前跟我说过,你很喜欢白色。"

方烟茹的淡淡忧伤才起了个头,就被装修设计图给打断了。

她仔细地看起来,说:"不要镂空雕花的,擦起来太累。我还听同事说,厨房要多留一些插头。除了电饭锅、微波炉外,她后来几年陆陆续续买了自动烧菜机、面包机、烤箱。以前插头装少了,现在不够用了。"

沐千山松了一口气。他抓紧时间悄悄地搜索了一下,觉得网上给出的办法五花八门,看得他眼花缭乱。

哄女孩子开心这种事不是做题目,没有确定的答案。

沐千山觉得女孩子的心思真难琢磨,就像夏天的天气一样,上午还是晴空万里,看着是阳光灿烂的好天气;到了下午,就毫无征兆地飘来一大团乌云,然后电闪雷鸣,噼里啪啦地下起雨来。

他说:"我请了一家装修公司,我们看定图纸的话,他们就可以开始动手装修了。婚庆你想请哪里的公司办呢?确定后就可以请他们做方案了。我打算在南江这边请几桌,我这边家人还有朋友同事们聚聚,然后在你家那边办一下应该也差不多了。"

沐千山做事情会提前准备,然后一环扣一环,有条不紊地推进。

方烟茹说:"啊?好快啊!"

她还沉浸在情绪里呢,沐千山都在操心这些具体的事情了。

方烟茹有些不好意思。

201

不能全让沐千山来忙,她应该一起忙的。

他们都快结婚了,这就是他们两个人共同的事。

沐千山说:"不快啊。时间过得很快的。房子装修要三五个月,然后还要晾个半年。我查了你这边的天气,这几个月晴天比较多,很适合装修。材料我都打算用环保的。快一点的话,明年四五月就可以住进去了。"

方烟茹说:"我还想在家里买一个吊笼椅。冬天坐那里晒太阳,肯定很舒服。"

她算过的。在南江那边工作,她虽然工资高,可开销大,存不了多少钱;回到家里后,工资断崖式下跌,但平时花得也少。

这两年多工作下来,她也是有点积蓄的。

方烟茹笑着说:"家里的电器什么的,我来买吧。"

沐千山的眼里光芒熠熠,说:"不用呀!我的够了。小茹,照顾你是我的责任嘛!我很高兴能给我们一个家。"

方烟茹说:"可是,你一个人负担的话会很辛苦的。"

听见方烟茹满心为他打算,沐千山的心里是抹了蜜一样的甜。

他说:"不,我真的不觉得辛苦。小茹,我觉得很值得。"

沐千山对未来充满了憧憬。

他扶了扶眼镜,笑起来,说:"为了我们,真的值得的。"

两个人,你一言我一语地说着话,也说到了深夜,彼此都意犹未尽。

方烟茹看着沐千山,心里是暖的。

她今天不该胡思乱想。

别人是别人,沐千山是沐千山。

她和沐千山一定能幸福。

第二十章　变故

在方家的期待中，方炊茂的录取通知书终于到了，他如愿以偿地考上了哈尔滨的大学。

周日晚上，方家在家里摆了三桌酒庆贺。走得近的亲戚们都来了。

沐千山本来调休了，准备早上开车过来，但他管床的病人突然病情加重，他必须在医院里守着。

虽然少了沐千山，但方家这天还是很热闹。

方妈妈脸上有光，心里高兴，笑眯眯的。

吃饭的时候，方妈妈接到一个本地号码的电话，电话那头是一个陌生的声音。

他说："你是方炊茂的妈妈吧？你儿子方炊茂欠了我1万块钱，利息100块。现在到了还钱日子了，你看怎么搞？"

方妈妈觉得莫名其妙，就挂了电话。

没过多久，方妈妈的电话又响了。她一看还是那个号码，直接就掐了。

再过几秒钟，方妈妈的电话接着响了，依然是那个号码打来的。

方妈妈这次接了。

对方说:"方炆茂妈妈,你儿子和我有借款合同的。他欠了我钱,我打他的电话,他不接。现在到日子了。你就说吧,什么时候能还我?"

方妈妈说:"没有这回事。"

对方说:"我现在缺钱,利息也不要了,你赶紧把本金还给我。你儿子要真不还钱,我就只能去法院告他了。他要去上大学了吧?你早点给,我也不想搞得他没办法上学。"

方妈妈吓了一跳,到旁边接电话去了。

方烟茹正在和亲戚们说话,一扭头,就看见方妈妈不见了。过了好一会儿,她才看到方妈妈回来,脸上的笑容有些勉强。

她走到方妈妈的身边,低声问:"妈妈,怎么了?"

方妈妈笑着说:"没什么的。"

方烟茹总觉得有什么事。

等送走了亲戚,方爷爷、方奶奶也都休息了,方妈妈的笑容就垮了。

她把方烟茹和方炆茂叫到房间里,说:"小茂,我接到一个电话,说你欠了他1万块钱。有没有这个事情啊?"

方炆茂眼神飘忽不定,说:"没有的事啊,我在家里,都没出门,也花不了什么钱。"

看到他这个表情,方妈妈脸色更不好看了,嘴唇皮发白,提高了音量,说:"到底有没有?"

方炆茂想了想,说:"妈,我就借了人家差不多2000块钱,后来问姐姐要了1000,再加上后来攒的零花钱,差不多还掉了。"

他很心虚。

第二十章 变故

那个时候，复习的高考关键期，他居然还花了不少时间去打游戏。

方妈妈说："那为什么人家说手里有你写的欠条？他们还说是当时现金交给你的，分几次给你的。还说如果你不还的话，就拿着你写的欠条去法院起诉你！"

方炆茂慌了，支支吾吾地说："我大概问他们陆陆续续借了不到2000块吧，说以后慢慢还的。当时没什么，他们就叫我在一张白纸上签了个名字、按个手印，然后我就把钱领走了，后来他们也没说什么，也没找过我。"

方烟茹说："你怎么能随随便便地签名按手印呢？"

方妈妈气得发抖，一迭声问："人家说要去告你了！家里是短了你吃的，还是短了你用的？你借那么多钱干什么去了？"

她又对着方烟茹发火，说："小茂问你要钱，你就给他啊？你也不问问他干什么去了？你怎么当姐姐的啊？你知不知道他拿钱干什么去了？"

方烟茹看了方炆茂一眼。

方炆茂硬着头皮说："我玩了一个网络游戏，然后就充了钱。钱不够，我看到有说可以借钱的广告，我就去打了电话，就借了不到2000块钱，没有问他们借1万啊！而且我现在还清了。"

方妈妈着急地说："都还上了，他们还来找你干什么？这不是坑人吗？"

方烟茹说："报案吧。"

如果方炆茂说的是真的，那他就是遇到套路贷了。

套路贷，通俗来讲，就是打着借钱的名头，找各种办法，去非法占有被害人的财物。

像方炆茂这样，才刚满 18 岁、涉世未深的年轻学生，手头缺钱，自制力不强，没有意识到这种借贷的隐患，一不小心就掉入了这样的陷阱。

方炆茂蹲下来，说："能不能不去啊？"

方烟茹说："为什么不去？"

方炆茂耷拉着脑袋，很丧气地说："我不想去，觉得去那里不好。"

他的声音渐渐低下去，说："人家知道肯定要笑话我的。"

方烟茹说："你必须去。如果你已经还清了欠款，他们还找你，那就是他们不对。你要寻求法律的帮助。当合法权益受到侵害时，要勇于拿起法律武器保护自己。"

方炆茂低着头，说："给别人知道不好。我都还了，他们没道理。"

方烟茹说："对方如果反复来给你打电话呢？给我们打电话呢？或者给你认识的人全都打一遍电话呢？你有多少张嘴，可以解释得清楚？"

方炆茂即便去一个个解释，也堵不住悠悠之口。

她说："躲避解决不了问题。去吧。"

方炆茂犹豫了很久，最终点点头。

忙完已经是夜里，方烟茹这才有时间去跟沐千山联系。

她打视频电话没有人接，就知道沐千山肯定在忙。

过了一会儿，沐千山打视频电话过来，说："我刚刚下班，病人情况总算稳定了。不好意思啊，我突然赶不过去。今天热闹吧？"

方烟茹说："热闹。今天遇到些事儿，我弟弟遇到套路贷，我陪他去报案了。"

第二十章 变故

沐千山问："啊?"

方烟茹说："对,他就是借了一点钱,已经还得差不多了,但被逼着要更多。"

沐千山说："事情解决了就好。"

方烟茹闷闷不乐,说:"都跟他说打游戏别花那么多了,他当时不肯听我的。我没想到他还去问别人借钱,天上掉馅饼的事,不能信的。"

沐千山说:"是啊。这对小茂来说,算是一个教训吧。以后他不会再这样就行了。"

他虽然累了一天,但一看到方烟茹就精神抖擞的。

沐千山停顿了一下,笑起来,说:"小茹,假我请好了。明天早上我开车过去,下午我们就可以去领结婚证。我和我们主任说,是到你家那里,和你领结婚证。他多给我批了两天假。他还记得你哟!"

方烟茹羞涩地说:"嗯!到时候请他们一起吃饭。明天我也请好假了。"

他们两个不挑领证的日子。

既然彼此认定对方就是自己想要过一辈子的人,那他们就早一天结婚好了。

沐千山一想到明天就能持证上岗了,他心里是说不尽的喜悦。

沐千山心中升起无限的柔情。

长久以来,他的愿望终于可以达成了。

他不再是一个人,身边有了方烟茹。

沐千山抬起头。

这一带是小区,高层里很多窗户透出明亮的灯火,如点点星子，都是家的温暖。

真好啊！

幸福就在咫尺。

沐千山嘴角高高扬起，目光灿灿，伸手摸了一下屏幕上方烟茹的脸。

他认认真真地说："小茹，我爱你。"

这句话，沐千山早就想说，也想当面对方烟茹说。

在这样一个美好的夜晚，他自然而然地说了出来。

方烟茹害羞了，脸红扑扑的，轻轻地点了点头。

在领证的前一夜，她心里暖意融融的。

方烟茹觉得这样的感觉很好，仿佛有一颗果子落下来，再被泛黄的叶子层层覆盖，温暖又静谧。

她很满足了。

然后，方烟茹就听见一声奇怪的响声，紧接着镜头剧烈晃动，伴着"啪"的一声，对面就黑屏了。

她赶紧再拨打过去。

沐千山没有接视频电话。

方烟茹有了不好的预感，没来由地一阵心慌。她赶紧再去打电话，可电话的提示音说对方已经关机了。

难道是沐千山没拿稳，手机掉在了地上坏掉了吗？

方烟茹心神不宁的。

一定是这样。

于是，方烟茹给他留言："是不是手机摔坏了？等手机修好了，你找我吧！我就在家里等你。"

然而等到了第二天上午 9 点，她依然没有等到沐千山的只言

第二十章 变故

片语。

方烟茹心乱如麻。

几分钟后,躺在地上的沐千山被路人发现,报了警。

警察将他送进了医院。

抢救室外头,熬了大半宿的沐姑姑脸色灰白。

这个情况,白天她肯定是不能上班了,但她不好请假啊!现在公司不景气,在优化员工结构,她这样的老员工要是不兢兢业业的,真怕给优化掉。

沐姑姑无力地靠在墙上,然后就听见熟悉的脚步声。

小老百姓,辛辛苦苦大半辈子,不过是想多挣一点,让生活更好一点。

沐姑父在她的身边坐下来。

她没睁开眼,说:"是不是钱又不够了?"

警方初步调查,是小区高层住宅楼上有人往下丢东西,砸到正巧路过的沐千山的头,目前他们还在排查是谁干的。

沐姑姑已经交了不少钱进去,再要交,她得去把没到日子的定期取出来了。

沐姑父踌躇了好一会儿,才缓缓地开口,说:"有个事儿啊,要是一直没有抓到肇事者,我们要一直垫钱吗?那是给女儿、女婿买房子的钱。"

沐姑姑猛地睁开眼,说:"你什么意思?"

沐姑父的眼神飘来飘去,声音压得很低,说:"我也没办法啊。这是个无底窟窿。千山万一要是成了残障人士。我们还要照顾他吗?我们家人已经够多的了,都要上班,家里还有老人孩子,顾不

| 烟火暖千山 |

过来啊!"

　　沐姑姑流着眼泪,说:"上次放弃抢救我妈的时候,你也是这么说的!"

　　沐姑父摸着头上没有多少的头发,说:"是我没用啊,干到50多岁,还是一个破保安,挣不出来那么多钱。可这不是没办法吗?给妈治病的时候,我们已经把卖他们广州房子的钱,全都搭进去了。这些年,老爷子在我们家里,吃的喝的、用的、穿的、看病的,还有千山的学费和生活费,我们不都出了啊!老爷子的退休金不够的!是!我也想救!可一大家人都要吃饭啊!女儿、女婿也是打零工的,还要买房子。我们身体也没以前好了。你有颈椎病、腰椎间盘突出;我也有高血压,眼睛也花了。孙儿再大一点,还要报一堆班!到处都是用钱的地方,我们哪里够啊!"

　　说出这番话,他心里也很不好受,抱着头,抹了一把眼泪。

　　沐姑姑泪流满面,说:"老王,你也讲点良心。卖房子的钱,真都花在我妈、我爸还有千山身上了吗?他们原来在广州可是有两套房的!而且我哥因为去救病人累得人没了的,我嫂子身体不好拖了几年走的。他们走的时候,医院不是都给了一大笔?什么丧葬补助费、一次性抚恤金、遗属补助生活费!"

　　她情绪激动,说:"千山这个事,我们出不了多少的。千山自己攒了钱,医药费能报销不少。等他醒过来就好了。我们现在不能不救啊!爸最疼千山了。嫂子和妈临终的时候,我也答应要好好照顾他的。医生还没说千山怎么着了呢!你现在就不想救了?"

　　她哽咽着,气愤地说了一大串话。

　　沐姑父头缩了缩,把手伸进口袋里摸了摸,等摸到打火机,才想起来医院这里是不能抽烟的,也就没有把打火机拿出来,只是搓

第二十章 变故

了搓手。

他垂着脑袋,说:"我那么做,为了谁?还不是我们的家?不那么搞,没有钱啊!我们怎么在南江买得起房子啊!一家老小都在街上喝西北风啊?"

沐姑姑很生气,说:"房子,房子,你就知道房子!你不觉得那些钱烫手吗?"

沐姑父口气软了下来,说:"我这不是没办法的办法啊!这些年,我们也没亏待老爷子和千山!要是千山醒得过来,能恢复就行。不过,康复真不是一点钱就能解决的。"

他停顿了一下,说:"千山在他那个女朋友家那边买了房子,首付付了。要不,先把那个房子挂牌卖出去,这些钱拿来给千山用。房子要早点拿回来,现在女的都现实,千山这个样子,人家女孩肯定要走。不过,也不能跟她讲千山出事,不然她要是想要这房子,说自己也出钱了,跟我们翻脸了,怎么搞?"

他已经盘算过了,说:"我们上次不是弄过?千山要是昏迷不醒,我们通过居委会指定,再去法院鉴定一下,你当监护人,就能去卖了,而且他的存款也都能取出来。"

沐姑姑哭着说:"不行,千山一定能醒得过来。"

沐姑父说:"我是说万一。我也是看着千山长大的。他遇到这样的事,我心里也不好过。可已经都这个样子了,我们要面对现实啊!医生也给我们讲了,是有生命危险的。医院里的领导来看的时候,也告诉我,医院这边能给政策的肯定给。"

他小心翼翼地瞧着沐姑姑的脸色,见她有些意动,但还继续说:"真不行了,就照我的意思做吧。你也知道啊!女儿女婿关系不大好,女婿嫌弃我们这个房子太小,我们要是能给他们换个在学

211

区里的大房子，女婿是不是对女儿的态度要好点？我们要往前看的，总要过日子！"

两个人说着话，没有注意到，在拐角处，有一个人猫在了监控的盲区，悄悄地拿着微型摄像机对着他们拍摄。

记者吴鸣关上摄像头的时候，内心愤愤不平。

他是来采访癌症晚期病人真实生存状态的。

路过抢救室，听到两句对白，吴鸣以为这仅仅就是家庭伦理的问题，当成备用素材拍了一下，没想到，越拍越发现事情非同寻常。

救死扶伤的医生在抢救室里生死未卜，他的亲属居然就在想方设法钻法律的空子，明目张胆地算计他的财产，还想要他死后才能拿得到的各种补助金。

吴鸣眉头紧锁。

身为记者，他要以笔为剑，直问不平。

吴鸣立即行动起来，开始采访。

沐千山的事情在医院里不难打听。

高空抛物伤害到过往行人是刑事案件，警方那边也在查案。

吴鸣去了一趟广州，采访了沐千山父母所在的医院，得知了他父亲治病救人的事迹。

然后，他拨通了方烟茹的电话号码。

电话很快就被接起来了。

方烟茹问："你好，请问你是哪位？"

吴鸣说："我是记者吴鸣。沐千山是你的男朋友吧。他被高空抛物砸中了，做过了手术，正在医院ICU里。"

"是的。"方烟茹说，"我就在ICU外。"

第二十一章　好转

这两天,方烟茹过得很不好。

那天,她等了一个上午,还是没有沐千山的一丁点消息,好像对方突然从她的世界里消失了,一点痕迹都没有。这是从来都没有的事情。即便是沐千山暂接住院总医师的时候,也没有出现这样的情况。那个时候,他那样忙,一天下来至少会回她一两个字。

沐千山不可能无缘无故不回她消息的,一定是遇到什么事儿了。

方烟茹等得心焦。

她在脑子里把各种可能性都想了一遍,越想越担心。

方烟茹本想给沐姑姑打电话,转念一想,沐千山平时不经常和沐姑姑他们联系,大部分时间都在医院里,沐姑姑他们未必知道沐千山的事儿。

于是,她拨打了以前医院同事刘琦的电话,得知沐千山的事,整个人都吓傻了,身体抖得厉害。

他在和她打视频电话的时候,竟然被高空抛物给砸中了脑袋。

方烟茹请了假,买了最早的一班高铁赶往南江,来到医院。

她赶到的时候，正是黄昏时分。

ICU病房外的走廊上坐了不少人，她匆匆扫了一眼，没有看到沐姑姑他们。

刘琦是医患沟通办的，过来找到她，把她拉到角落里，说："你总算来了！沐医生的姑姑要放弃他的治疗，我们正在做他们的思想工作。"

方烟茹瞪大了眼睛，吃惊地说："怪不得你让我别跟沐千山的亲戚联系。他们怎么能这样？沐千山还没有到被放弃的程度吧！"

刘琦忧心忡忡地说："可如果他们执意签字放弃，我们也不太好办。现在沐医生的自主呼吸很弱，如果让他们把沐医生带回家的话，估计是凶多吉少。"

方烟茹说："他们放弃的理由呢？"

刘琦叹了口气，说："一开始是说没钱，后来我们说医院开绿色通道。他们就说沐医生以前就说过，以后不要有创抢救。劝了半天都没有用，然后还是我们主任查了沐医生的资料，说沐医生有个爷爷，得要问问他的意见。沐医生姑姑他们说晚上下了班，就带书面的承诺材料过来，办出院手续。其实沐医生现在的身体状况在逐渐好转。"

方烟茹倒抽一口冷气，说："凭什么他们说放弃就要放弃了？我不同意。"

沐姑姑和沐姑父走了过来。看到方烟茹在，沐姑姑的良心痛了一下，但沐姑父捏了一下她的手。她又勉强说服了自己，沐千山就算被救回来，还是需要康复的，家里还要买房子，又有老人、孩子在，已经没有能力再去照顾一个病人了。而且沐千山肯定也不愿意成为废人。现在放弃治疗，也省得沐千山遭罪，对谁都好。

第二十一章　好转

沐姑姑没搭理方烟茹，眉头紧紧锁着，对着刘琦说："沐千山爷爷同意放弃沐千山治疗的签字，我们已经拿到了。"

说出这话来，沐姑姑心里不好受。

她一遍又一遍安慰自己，不是他们不给沐千山治，实在是沐千山脑袋上动刀子，以后恢复得慢就很麻烦。

家里真的没办法了。

现在他们这样放手，可以减轻沐千山日后的痛苦。

方烟茹说："我不答应。目前医学手段还没有穷尽。经过治疗，沐千山能够活下去的概率是很高的。"

沐姑父不客气地说："这是我们家里事，你没有跟沐千山结婚，是外人，没权利说三道四。"

他眼珠子转了转，说："我们还要找你收回房子呢！别想霸占我们家的房子！"

方烟茹很生气，说："你们什么意思？沐千山现在还躺在病床上。你们不去想办法救他，却在想他的房子！"

怪不得之前沐千山把自己攒的钱一股脑的都打给她，让她来帮忙保管呢！看他们这个嘴脸，吃相太难看了！

上次一起吃饭，方烟茹还觉得沐姑姑他们都是好人呢。没想到沐千山出事，他们的言行竟然是如此的不堪。

只是沐爷爷怎么也签字了？是不是沐姑姑他们利用了他已经年老糊涂，哄着他签字的？

沐爷爷这个字一签下去就是沐家这边的近亲属达成了一致意见，要求放弃沐千山的治疗了！

而方烟茹因为没有跟沐千山领结婚证，是没有权利在沐千山治疗上说什么的。

215

她心急如焚。

已经图穷匕见，沐姑父也懒得再去装了，对着刘琦，说："叫你们医院领导来，我们家属决定放弃了，按程序办吧！"

沐千山父母已经去世，没有结婚，自然就没有妻儿。沐爷爷他们便有签字权。

方烟茹的脑子飞速地运转，脱口而出，说："沐千山的近亲属没有达成一致。他妈妈那边应该还有亲戚。要放弃，也得他们一起过来出具承诺书。"

沐姑姑的脸色变了，心里更不是滋味，下意识就去看沐姑父，眼神里透着胆怯。

这件事情，她内心里也不算特别赞成的。可沐姑父不断地劝说她，到后来疾言厉色的，加上女儿买房子的缺口实在太大，而女婿那边也明说了，不想再和他们挤在一起，不然就一拍两散，所以她就动摇了。

但到了这个地步，沐姑姑觉得骑虎难下。

沐姑姑想说点什么缓和一下剑拔弩张的气氛，但被沐姑父拦住了。

等这个时候了，他们也当不了好人了。

沐姑父把心一狠，说："我们和他们断绝往来了，这事和他们没关系。"

方烟茹很镇定地说："沐千山和他母亲那边的亲戚是血缘关系，不是你说断就能断的。根据法律规定，抢救生命垂危的患者，不能取得患者或其近亲属意见的，经过医疗机构负责人或者授权的负责人批准，可以立即实施抢救。"

她接着说："不能取得患者或其近亲属意见的情形，就包括近

第二十一章 好转

亲属达不成一致意见的。你拿不到沐千山妈妈那边亲戚们的意见,那就是你们达不成一致意见。医院履行相应的手续后,可以积极抢救生命垂危的患者。"

刘琦眼睛一亮,用力地点点头。

沐姑父说:"你少在这里掺和,我们一定要放弃。"

沐姑姑深受良心的谴责,拉着沐姑父的衣角,说:"能救还是救吧!"

她目光里带了几分哀求的味道。

沐姑父愤愤地说:"我可没钱,更没人照顾他!"

说完,他扭头就走。

沐姑姑尴尬地站在那,紧紧攥着承诺材料,走也不是,不走也不是。

尴尬了一会儿,她说:"我们没办法的。"

她这样的解释很苍白无力。

方烟茹本就打算管沐千山到底。

她既然选择要和沐千山结婚,那么就应该去照顾生病的他。

于是,方烟茹说:"我来。"

她的口气很轻,但说出口的这一句承诺很重。

沐姑姑犹豫了一下,将一个存折硬塞给了方烟茹,说:"这里有3万块,你拿来应急吧。我们没办法了。"

她的眼圈红了,说:"真是没办法了。"

方烟茹要把钱还回去。

沐姑姑不肯收回去,眼圈更红了,眼泪掉下来,哽咽着说:"好好照顾千山。"

说完,她就匆匆离开。

手里攥着沐姑姑给的存折，方烟茹心中五味杂陈。

她原本很生气，但现在对沐姑姑又气不起来。

说沐姑姑他们是坏人吧，之前她第一时间就赶来垫付了医药费，现在又塞了存折给她；说他们是好人，但他们确确实实想要放弃去积极救治沐千山，很过分。

好坏不是泾渭分明的，就像黑色与白色之间，有很多种灰色。

当天深夜，沐千山总算是醒了。

虽然只是清醒了几分钟，但他能流利地回答问题了。

而且沐千山颅内没有再出血。

这是一个很好的开端。

方烟茹高兴得不得了。

恢复是一个过程。

开颅手术后 14 天内是危险期。

好在沐千山脑受伤的位置不糟糕，之后如果没有出现颅内感染、脑水肿的情况，生命体征稳定，在医院的精心治疗下，会慢慢恢复起来的。

方烟茹就守在 ICU 外。

沐千山科里的主任和同事们都过来了。

他的舍友也来了，给方烟茹送了宿舍的钥匙。他搬到隔壁宿舍和同事挤一挤，把宿舍暂时空出来给方烟茹。

然后，在这时候，她接到了吴鸣的电话。

吴鸣赶到的时候，已经是清晨，就看见 ICU 外，年轻的女孩子盖着薄薄的毛毯，靠在椅子上闭眼休息。

他的报道已经写得差不多了，只剩下方烟茹这最后一个采访

第二十一章 好转

者。等采访过她后,他补充一下这篇稿子的细节,就够了。

感受到人靠近,方烟茹睁开眼睛,说:"吴记者吗?"

吴鸣坐下来,说:"是的。"

方烟茹一脸倦色,笑了笑,说:"你好啊!"

吴鸣已经在电话里说了来意了。

于是,方烟茹说:"能别指名道姓吗?沐千山并不喜欢高调,就是想安安静静做个医生,而且他也不太愿意多提家里的事。"

跟沐千山在一起也有些日子了,方烟茹很少听沐千山说他家里人的事。

原来,她不是很理解沐千山,现在大概是明白了。

沐千山是对他的家人们感情很复杂吧!

家里的很多事情是说不清楚道理的。

人很复杂的,各有各的立场,各有各的艰难。

对与错之间的界限很模糊。

一大家人,打断骨头连着筋,只要能稀里糊涂把日子安安稳稳往下过,也就可以了。

吴鸣很意外方烟茹的回答。

他以为方烟茹会声泪俱下,要为沐千山讨回一个公道。

方烟茹口气平和地说:"沐千山清醒了,会逐渐恢复的。吴记者,警方那边已经找到是谁从楼上丢东西的,赔偿和医药费应该也快下来了。我只要他好起来就好。我想和他过着平静的生活,不想闹得满城风雨。"

吴鸣说:"他们两代医生的事迹很感人,但他家人也确实想放弃他的治疗。"

方烟茹说:"这些,沐千山没有跟我说过的。其实,沐千山姑姑已经垫付了不少医药费了,不能说她完全不好。而且,我想,沐千山应该不喜欢在聚光灯之下吧,他更想要平平静静的日子。"

他们都是普普通通的人,想过普普通通的日子。

众生喧哗。

她遍寻千山万水,只想得一处安心地,在日光之下,与沐千山安然生活。

他们的日子,静如墙角蔓草,在温暖的阳光里,悄然生长。

能平平安安地活着,活得越来越好,本身就是一种幸福。

第二十二章　暖日

初春的黄昏，夕阳将落未落。

渔梁坝上，江风清凉，阵阵吹来。

两岸苍翠的层林起伏似波。

有氤氲的雾霭浮动，被暮光镀上了微黄的颜色。

方烟茹和沐千山手拉着手，慢慢地沿江而走。

沐千山不由得感叹，说："时间真快啊，又要到春节了。"

他清楚地记得，去年差不多也是这时候，他开着车，从南江到这里，然后走进了方家的早点铺子，再一次见到了方烟茹。

当时，他来之前也很忐忑，不知道等待他的是不是他想要的结果。好在天遂人愿。

现在的他总算可以大大方方、高高兴兴地牵着方烟茹的手。

方烟茹抿嘴一笑。她暖暖的笑容里有几分羞赧。

这个时节的皖南，草木添新翠，江水绿如蓝，渐渐明媚鲜艳起来，焕发出勃勃的生机。

沐千山恢复得很好，没留下什么后遗症，依然可以当医生，就是脑袋上缺了一块，凹了进去，有了疤痕。

他说:"我这个样子,会不会拍婚纱照不好看?"

方烟茹伸手摸了摸他的疤痕,笑着说:"哪里!你很好看的。"

沐千山问:"真的吗?"

刚出医院那一阵子,他特别不自信,每天都要问方烟茹三遍这个同样的问题。

每一次方烟茹都告诉他:"真的很好看。"

她的口气总是如此肯定,眼神如此坚定,没有一丝一缕的怀疑。

渐渐地,沐千山问这个问题的次数就少了。

不过,偶尔摸着疤痕的时候,他还是会问上一问的。

方烟茹笑得眉眼弯弯,脸如飞霞,说:"当然是真的呀。在我眼里你就是最好看的啦!"

沐千山也红着脸,笑了,说:"我也觉得你是世上最好看的人!怎么样都好看!"

方烟茹摸了摸自己发烫的脸,停顿了一下,笑着说:"对了,我打算等3月再去拍婚纱照。那时候百花盛开,我想去拍更多的花。现在穿婚纱太冷了。反正我们五一办酒,时间来得及。"

沐千山说:"行。我这两天已经把打算要请的人名单列好了。不过3月份,你会不会很忙?在职研究生的复试应该也是三四月份。"

方烟茹说:"到时候再说呗!总是有办法的嘛!我现在有空就准备着了。"

沐千山点点头,说:"那就好!"

方烟茹继续兴致勃勃地说:"我们继续说婚礼吧!两场婚礼,我这边是中式的,穿凤冠霞帔,你那边我穿白色婚纱。衣服我都挑好了,有 5 套备选,你到时候帮我看看哪两套最好看。"

光想一想,她就忍不住笑起来。

现在的一切都是顺顺利利、圆圆满满的。

她高兴极了,很兴奋、很憧憬、很向往,希望那一天能快一点到来。

方烟茹感受到前所未有的幸福。

沐千山也感到很幸福,跟着高兴地笑着,说:"好啊!"

这些天,他都是喜气洋洋的。

他和方烟茹已经领证,房子也装修好了,结婚办酒的事,都一步步准备得差不多了。

婚庆由婚庆公司来做,拿出方案他们来选就好。

剩下的,就是买喜糖、写请帖这类琐碎的事。

寻常的日子,总是由这样无数的琐事排列组合在一起的。

每一件琐事,都透着十足的生活味。

而这样生活的本身就是很美好的,没有意外,平安顺遂。

沐千山笑得很灿烂,说:"有一点饿了,等下我想吃碗馄饨。"

方烟茹抬起脸,看着他,笑着说:"哎呀,好啊!我做给你吃啦!"

沐千山扶了扶眼镜,温和地笑着说:"我还想吃馃呢!"

方烟茹轻笑着,说:"好啊!妈妈做了很多呢!我做也成,就是馃会厚一点!"

沐千山笑容更温柔了,说:"我还想喝茶。"

方烟茹笑盈盈地说:"都行的。我泡给你喝呗!去年外婆给我们寄的很多茶叶,还没喝完呢!"

她俏皮地眨眨眼,摇了摇沐千山的手臂,笑着说:"都是我来做的话。你要不要考虑一下等下做什么呢?"

沐千山笑容满满的,说:"我包洗碗呗!洗菜、切菜也行!尤其是切菜,我刀工好得不得了呢!可这个做菜烧饭嘛,就得你出手啦!"

方烟茹笑着说:"总是不会到会嘛!到时候,你回南江了,我不能时时陪着你,你还是要自己做呀!"

沐千山抬头看着天空,满天霞光。

他说:"哎呀,你说得我都不想回去了。你做的菜,真的太好吃了!"

方烟茹笑着问:"那到底有多好吃呢?"

沐千山说:"一辈子都吃不腻!"

他握住了方烟茹得手,说:"过两天,我们去看你外婆吧。"

方烟茹点头,说:"好啊!"

两个人轻轻地说着话,慢悠悠地走着,从江边的石阶走上来,走到渔梁的正街上。

暮色中,风轻云暖。

岸边的一排街灯都亮了起来。

灯下已经挂上了写着"徽"字的红灯笼,在风里轻轻地晃动。

不远处,流淌了无数岁月的江水依然静静地流淌着。

徽州的年味又渐渐地浓起来,弥漫着欢欢喜喜的气息。

渔梁街上的人也多了,都在为过春节而忙碌着,脸上都带着暖暖的笑意。

这里的日子仿佛多少年都是不紧不慢的。

安静美好,悠然从容。

一方烟火,十里柔情。

烟熏火燎的生活,似乎从来就是波纹如毂。